WE READ POETRY
我们读诗

良渚的诗

张海龙 主编　我们读诗 编

为五千年中华文明圣地读一首诗

浙江大学出版社

ZHEJIANG UNIVERSITY PRESS

《良渚的诗》编委会

刘　斌　　诗人、浙江省文物考古研究所所长

刘立云　　诗人、第五届鲁迅文学奖得主

海　岸　　诗人、翻译家、复旦大学教授

王自亮　　诗人、浙江工商大学教授

大　元　　作家、杭州市余杭区作家协会主席

卢文丽　　诗人、杭州市作家协会副主席

泉　子　　诗人、杭州市作家协会副主席

陈曼冬　　作家、杭州市作家协会秘书长

卢　山　　诗人、浙江省作家协会第九届全委会委员

娥娥李　　诗人、"我们读诗"荐诗人

张海龙　　诗人、"我们读诗"创始人

陈智博　　"我们读诗"执行主编

古城遺址公園雪景

古城遺址公園雪景

序一

五千年也许离我们并不遥远

刘斌

第一本以良渚为主题的诗集——《良渚的诗》结集付梓之际，承蒙良渚文化村"诗外空间"的主人张海龙兄厚爱，约我在前面写几句话。我自 1985 年来浙江工作，1986 年参加反山发掘，1987 年参加瑶山发掘，与良渚文化和良渚这片土地结下了深厚的缘分，2007 年有幸发现了掩埋四千多年的良渚古城，2019 年 7 月 6 日在阿塞拜疆亲身经历了良渚古城申遗成功的那一刻。作为一名考古人，我是幸运的。

我曾经在我书里的后记中这样写道"考古让我们不断地回到从前，作为一个考古者来说也许是辛苦的，因为我们要不断地往返于时间的两端，同时活在古代和当代，也正是因为这样我们也是幸运和幸福的，因为我们的心常常可以活在许多不同的时空。当一扇扇的门被打开，当我们穿越时间的隧道，渐渐地熟知一片片远古的天空，我们会越来越感觉到生命的充实与久远，仿佛自己经历了几百万年似的。于是我也越来越明白一个道理，一切的学识与经历，它的真正的意义是在于拓展了我们生命内在的宽度……二十几年的考古生涯，使我有幸能不断踏上良渚人的土地，一次次地接近他们的生活，每一次新的考古发现与认识上的突破，都令我激动不已，一个完整的活生生的良渚人的世界，渐渐地在我脑海中清晰起来。"

从八十多年前，施昕更先生第一次在良渚发现黑陶，到 1959 年良渚文化的命名，再到 1986 年第一次在反山挖到良渚文化的贵族墓葬，也是第一次在反山12号墓的玉琮上发现了良渚文化的神徽，良渚文化的面貌渐渐在我们面前清晰起来。从一个以黑陶为特征的普通的新石器时代文化，到玉琮、玉璧等中国重要玉礼器的发明者；从江南蛮夷之地的普通氏族村落，到三百多万平方米的巍峨王城，良渚的发现不断刷新着我们的观念。从少数考古人的学术，到亿万大众的常识，在我们考古人的手铲下，良渚就这样一点点地复活了，她从五千年走来，今天却又成了我们生活的一部分。

这世界上的许多事物，本来就一直在那里，它们从来就没有离开过，也许只是时间久了，暂时被遗忘了。就像诗和一切的美好，也一直在我们每个人的心里。考古是不断地发现，不断地寻找，那些被时间深埋了的光阴。而写诗也是在不断地发现，不断地寻找，我们内心的那份光明和本来就有的那份神性。

曾经有人问我写诗的感觉，我说写诗与考古其实有些相似，都需要对时间、空间和山川景物的想象与理解。我们考古的前辈们说过："考古要透物见人，要替古人说话，要把古人说活。"诗更多的是感受与梦想，而考古更多的是科学与严谨。

我很喜欢诗，上大学时读了大量的诗，也陆续地写了不少小诗，曾立志做个诗人，后来却很少写了。现在的人太忙，也太直接，让我们缺少了想象的空间。实际上我喜欢心在诗的想象的空间中畅游的感觉，也喜欢诗的那份纯洁。正如孔子所说："诗三百，一言以蔽之，思无邪。"

序二

谁在五千年前写下了第一行诗?

张海龙

我一直想,世界上的第一行诗究竟是谁写出来的?

时光漫漶,我们早已无从探知文明的源头,更何况一行看似无用的诗呢?

今天的良渚博物院内,珍藏着一件国宝级文物——刻符黑陶罐,罐身上刻有五千年前良渚先民留下的"天书"——十二个神秘刻划符号。有人认为这是表意画,有人认为这是原始文字。著名历史学家、古文字学家李学勤曾对此做出释读,认为这是"朱旗践石,网虎石封"八个字,记录了古人捕虎的一次经历,并称此陶罐为"前所未见的珍品"。

其实,不管这是一次狩猎的记录,还是一场庆典的纪念,它所呈现出来的都是先民们在天地之间的一种热气腾腾的活法。穿越五千年漫漫长河,我们仍能身临从前的捕虎现场,耳边也仿佛响起人们的阵阵欢呼,以及猛虎被围困后恼羞成怒的嘶吼。

甚至,我们还能想象有位巫师通灵般地刻下了那十二个神示般的符号,他想要感谢天地的伟大馈赠,也要赞美人类的非凡伟力。要知道,五千年前的良渚是个神巫世界,而诗原本就是向神祈祷的语言。所谓巫者,就是知天知地又能通天通地的人。

诗,从来都与这个世界的秘密有关,让我们学会张开双眼去观看万物。

所谓诗人,就是要有面对简单的事物——比如落日或一只旧鞋子——也能惊讶得目瞪口呆的能力。凡人都对日升月落视而不见,而诗人却能写下"太阳每天照常升起",那是时间不灭的秘密;众生都把前尘往事弃如敝屣,而凡·高却浓墨重彩地画下了一双破靴子,那是兄弟不渝的情谊。你瞧,落日与旧鞋子就是这样获得了新生。

用这种方式去观察五千年前的良渚,诗几乎无处不在:播种稻谷,就是收获"大地上的粮食";磨制玉器,就是践行"人不学不知道,玉不琢不成器";修建水利,就是还原"人,诗意地栖居在大地";祭天礼地,就是感恩"择天下之中而立国"。

在文明的鸿蒙之初,诗是一种最纯朴也最珍贵的感受。在良渚已经出土的陶器上,发现了很多精美的刻划符号,有的像花像鸟像船,有的则类似于甲骨文,共有七百多个。如果有人能够全部破译出来,或许那就是中国最古老的史诗:出良渚记。

先人以刀为笔,刻下了与天地万物的对话,也刻下了他们在世间最初的惊奇。

在良渚博物院中,我曾经长久地与那只小小的玉鸟对视。在从前的良渚人看来,天地本来就是不可思议的,天有日月星辰,地有山川湖海,它们都是如何形成的?而生着双翅自由飞行的鸟更是不可思议的,它一定能跟神相通,是往来天地之间的信使。

那只玉鸟代表的正是想象力,如同海子当年把海鸥比喻成"上帝的游泳裤"一般,我们也可以把玉鸟想象成一只穿梭五千年的飞去来器。经由这只玉鸟,我们才会真正理解到底什么才是"惊鸿一现":纵然历史波诡云谲,但我们还是留下了存在过的证据。

良渚古国至今已经无存,全都深埋于疲倦的泥土之中。可是,良渚文明从来不曾消失,它被镌刻在大地上,被铭记在玉石上,被书写在纸页里,被传承在技艺中。所以,江南人施昕更才会用考古的方式去"写诗",他发现了五个黑陶上的刻划符;由是,西北人刘斌才会用写诗的方式去"考古",他说我们离五千年前只隔着两百人而已。

在今日良渚的乡村,我也曾惊愕于那些无处不在的水系。五千年前，良渚人就依山而建傍水而居，进出则依靠舟楫河流，这与今天的周庄和乌镇几乎一样，堪称"江南水乡"的雏形。可是，五千年前的人们怎样才能具备这样的上帝视角？没有无人机也没有激光测距仪更没有大型施工机械，他们是怎样完成了对河流的改造与适应？

卡尔维诺在《意大利童话》里曾记下这样的故事：爷孙二人去海边城市巴勒莫，头上正飞过一架飞机。那是飞机刚刚被发明出来的年代，孩子惊讶地大叫起来，让爷爷抬头看看这长着翅膀的铁鸟。可是，爷爷却头也不抬地说："我对它自有想象。"

我相信，良渚人就像这个自信的爷爷一样，对很多事物都自有其想象。他们会凭着某种先知般的经验去认知并改造这个世界。在他们的眼里，鸟的本质无非就是飞行而已。那么，飞行又怎么会超出想象的范畴？飞行又跟神灵附体的巫师有何不同？

理所当然，良渚文化绝不会是在外观上给你震撼的文化，而是和所有中国文化类似的锋芒内敛的文化。正如良渚博物院这幢现代建筑与其周围环境所呈现的那样：抬头可以看到天空笼罩，低头可以看到湖水映照，内心事物则由你自己观照并且想象。

在我看来，考古就是用历史散落的碎片拼接想象，而博物则是用人间散落的物证还原上帝。在良渚这片神奇的土地上，其实形诸文字并传之后世的诗篇并不多。有人说这可能与良渚古城消失得太早有关，我倒认为是时间直接压缩了良渚人的记忆。

五千年前的良渚古城，是当时长江流域、中国境内乃至整个东亚地区规模最大、年代最早、功能最复杂最完整的城市文明。四千多年前，良渚消失于史前大洪水时期。良渚文化从未出现在此后任何文献中，我们只能为它写一首文明的灵魂挽歌。

或许，这就是诗篇存在的最大意义：在层出不穷的废墟之上唤醒新新顿起的信心。

我们是谁？面对苍苍茫茫的良渚，在群星闪耀的天空下，在人类历史的长河中，作为单个具体的人，我们实在是太微不足道了。我们并不比一棵树、一块石头活得更久，所以我们希望成为不受羁绊的玉鸟，穿越时空，飞过大海，与永恒对视，相看两不厌。

我们从哪里来？面对五千年中华文明圣地，其实我们还要溯源而上，看看比五千年更早的时光里这块土地上还存在过怎样的传奇，看看五千年中间的两百代人里都有过怎样的活法，所以我们想要不朽却终究打不败时间：尔曹身与名俱灭，不废江河万古流。

我们往哪里去？在这个数字孪生已被广泛用于从建筑物到喷气发动机的时代，一天的信息量就相当于过去的一千年。可是我们的悲欢与爱恨并未改变，我们还是会在这样的诗行面前热泪双垂：十年生死两茫茫，不思量，自难忘。千里孤坟，无处话凄凉。

我一直在想，究竟什么是文明？人类历史上的每一次文明转型，为什么都伴随着战争与流血，都伴随着思想争锋和社会动荡，都伴随着国家形态与民族关系的巨大调整？如果文明的转型必须伴随着流血与暴力，这样不惜代价的进步到底又有什么必要？

往小里说，良渚就是一处遥远的"美丽洲"，就是一代代中国人求之而不得的桃花源；往大里看，良渚就是上下五千年的中国之缩影，历劫不磨持续发展到今天自有其道理。无论是历史的博大精深，还是现实的风生水起，良渚都是最好的中国样板。

两千多年前的孔子曾说：不学诗，无以言；不学礼，无以立。诗和礼，其实早在五千年前的良渚就都有了，诗是那些与天地万物沟通的符号，礼是那些被用于祭拜天地的玉琮和玉璧。这两样东西，在今天仍然不可或缺，是我们存在的前提和方式。

诗可以兴，可以观，可以群，可以怨。兴是情怀，舍身求法；观是判断，为民请命；群是担当，造福众生；怨是批评，主持道义。好的文学，可以让我们生出恻隐之心、羞恶之心、辞让之心、是非之心，分别对应仁义礼智信的中国文化传统。

礼就是立，就是找到我们上下五千年的时空坐标，确认我们的生命与诗经、楚辞、汉赋、唐诗、宋词、元曲的文学传统有关，与温柔敦厚和勇猛精进的人文精神有关，也与四海一家以及天下大同的人文理想有关，那才是真正的中国文化自信。

良渚的诗，我的纸里包着我的火。

我的火，首先是一种发扬蹈厉的理想主义精神，它体现在那些"中国经典"之中——

所谓的理想主义，就是要有一种"日暮乡关何处是"的儒雅文气，就是要有一种"虽千万人吾往矣"的孤绝勇气，就是要有一种"金戈铁马，气吞万里如虎"的澎湃诗意！

我的火，其次是一种薪火相递的文化复兴之梦，它体现在那些"中国意象"之中——

从白居易到苏东坡，从李太白到杜子美，从"春来江水绿如蓝"到"大江东去浪淘尽"，从"君不见黄河之水天上来"到"不尽长江滚滚来"，那是纸香墨飞辞赋满江的中国！

我的火，最终是一种生生不息的文化生命价值，它体现在那些"世界视野"之中——

从大英博物馆的良渚玉琮王，到寒山诗影响的美国嬉皮士文化，从甲午海战之后甲骨文和莫高窟的发现，到抗战当中施昕更出版《良渚》，那是历劫不磨愈挫愈勇的中国。

历久弥新的中国文化，始终从外获得自我更新的动力，始终相信"己所不欲，勿施于人"的道理。生活始终向前，灵魂依旧如初。

耐住性子来读诗吧，也许我们真能体味到：良渚的过去，就是中国的过去；良渚的现在，就是中国的现在；良渚的未来，也是中国的未来。

天有日月光，人间曾伏虎——这就是良渚五千年前的第一行诗。

一句诗的分量，有时大过整个世界的喧嚣。

目录

开篇

五千年依稀如梦

仿佛只是昨天

回首山河依旧

白鹭如前

一 / 良渚之光

千年已逝，山河未改。跟随时光进行一场文明的朝圣之旅。

二 / 灵魂之光

灵魂之光使人成为人，文字成为诗。

三 / 稻禾之光

在良渚，每个人都如同一株植物，汲取光芒，万物生长。

四 / 圣地之光

借问个中谁是主，扶桑涌出一轮红

禅

溪

游

忆

古城遗址公园内的遗址

古城遺址公園

✳

开篇

五千年依稀如梦

仿佛只是昨天

回首山河依旧

白鹭如前

五千年也许并不遥远
——良渚古城考古记 / 遐想

作者｜刘斌

扫一扫
聆听良渚的诗
朗读者：
刘斌
赵艳华

当个人的生命

与人类的生命融合

五千年也许并不遥远

穿过那间

宋代酒肆的残垣断壁

从汉代人的墓地前经过

我们便可以望见

那片五千年前的篝火

生命仅仅是一次次的路过

经历了两百次的传递

我们便可以亲临

那良渚圣王的殿前

年轻的国王

如天神般的威严

丝袍飘舞

羽冠如仙

左手握着玉钺的权杖

右手举着嵌玉的白旄
远山环抱的王城
宫殿层叠而巍峨
白鹭在屋顶上翱翔
城垣上旌旗飘扬
长空中鼓声回荡
五千年依稀如梦
仿佛只是昨天
回首山河依旧
白鹭如前……

作者简介：

刘斌，浙江省文物考古研究所所长、良渚古城发现者、诗人。

Five Thousand Years
May Not Be Too Far Away
-An Archaeological Account of Liangzhu, The
Ancient City/Lost in Reverie

○ Written by Liu Bin
○ Translated by Ouyang Yu

When the life of an individual

merges with other human beings

five thousand years may not be too far away

When we go through

the ruins of a Song-dynasty tavern

and when we go past the Han-dynasty cemetery

we can see

the bonfire five thousand years ago

Life is but passages

After two hundred transmissions

we can then ascend

to the palace of the holy king of Liangzhu

The young king, as majestic as a god

wears a flowing silken gown

and a feathered crown, like a deity

a sceptre with a jade battle-axe in his left hand

and a white banner embedded in jade in his right

his city surrounded by distant mountains

and his palace stacking up in a towering manner

with white egrets flying over the roof

and flags fluttering on the city walls

The long skies are echoing with the drum

and the five thousand years seem like a dream

as if it's only yesterday

When I turn my head back, the mountains and rivers remain the same

the white egrets like before...

扫一扫
聆听良渚的诗
朗读者：
Ouyang Yu

瑶山祭坛

一

＊

良渚之光

千年已逝，山河未改。跟随时光进行一场文明的朝圣之旅。

良渚博物院

作者 | 王自亮

玉鸟啄食光芒的残片，
太阳的黑陶在天空飞旋、煅烧，
大象耕地，鸟儿吞咽虫卵。
这片潮湿而错落的土地
被人一次次翻耕，分割，蒸熏，炙烤，
终于呈现出陶片的光泽。

人与建筑，大地上的雕像。
眼光随着山势起伏，祭台与稻作
让人的身体与精神同时惬意。
玉镯、丝绸、漆绘陶器骤然兴起，
斧钺落下，手臂与爱环绕。
故事开始的地方，即忧伤之尽头，
白昼与黑夜交会处。

人，再次在额上雕刻花纹，染黑牙齿，
企图在大街和舞台上重构时间。
从远处看，良渚博物院外墙
是玉的合围，灰陶的驰骤，石斧的列阵。
落地玻璃窗映射睡莲、陶壶与玉琮，
一个梦搅动水面，玉鸟依然
啄食光芒，掘进机书写褐色诗篇。

作者简介：

王自亮，诗人、作家、学者，著有诗集《狂暴的边界》《将骰子掷向大海》《冈仁波齐》《浑天仪》等。

Liangzhu Museum

○ Written by Wang Ziliang
○ Translated by Ouyang Yu

As jade birds are pecking at the fragments of light

the sun's black pottery, turning around in the sky, is being calcined.

Elephants are ploughing the land and birds are swallowing the insects' eggs.

The land, wet and in picturesque disorder, has been repeatedly ploughed,

divided, steamed and scorched

till it shows the shine of the shards of pottery.

People and buildings, sculptures on the land.

The eye heaves with the mountain shape, and the sacrificial altar and the rice

delight the body as well as the spirit.

Jade bracelets, silk and lacquered pottery rose on a sudden

as the battle-axes fell, arms encircled with love.

Where the story began it is the end of sorrow

where day and night met.

Once again, people carved the flower pattern on their foreheads, dyeing their teeth black

trying to reconstruct time on the streets and the stage.

Seen from a distance, the wall outside Liangzhu Museum

is an encirclement of jade, the galloping of grey pottery and the array of

the stone axes

the French windows reflecting the water lilies, pottery pots and jade cong

with a dream that is stirring the surface of the water, while jade birds still

pecking at the light and an excavation machine writing a brown poem.

良渚之光

作者 | 泉子

扫一扫
聆听良渚的诗
朗读者：朱丹

在乐漫土

你们因无声与无言
而比我们更接近一首诗，
你们同样因无声与无言
而比我们更懂得
一个荒凉而丰盈的人世。

瑶山祭台

祭坛最初是一个隆起的土丘，
在它成为一个祭天祭地的高台之前，
它为我们所知是因一次偶然的挖掘
而得以从阴暗潮湿的墓群中重见天日。
五千年前精美的玉璧与玉琮，
在我们抵达之前，
那是五千年前的《天问》
与《离骚》吗？
五千年前的天依然在这里，
五千年前的地依然在这里，
而五千年前的先人们呢？
此刻，我们唯一能祭拜的
已只是我们自己！

致沈括

我们此行还是把你错过了，
虽然在此之前，
我查找了大量有关你的资料。
这里只是你的出生与落葬之地，
而你跌宕的一生
仿佛一个
已然繁华落尽的梦。

东明寺

从灵妙、古道到东明，
这"峰峦秀拔"之地
一直在追寻着自己，
直到此刻，
我们再一次相遇。

作者简介：

泉子，诗人，著有诗集《雨夜的写作》《与一只鸟分享的时辰》《秘密规则的执行者》等。

The Light of Liangzhu

○ Written by Quan Zi
○ Translated by Ouyang Yu

扫一扫
聆听良渚的诗
朗读者:
Ouyang Yu

At Lemantu

Because you are soundless and wordless

you are closer than us to a poem

and, for the same soundless and wordless reason,

you understand a desolate and abundant world more than us.

Yaoshan Altar

The altar, in the beginning, was an earthen mound

before it became a raised platform where sacrificial services were

offered to heaven and earth

but we knew all this because of an accidental excavation

in which exquisite jade bi and jade cong from five thousand years

ago were unearthed

in a group of graves, dark and wet

before our arrival.

Is that *Asking the Skies*

and *Li Sao* five thousand years ago?

The sky is still here

the earth is still here

but where are our ancestors?

Now, though, the only people we can worship

are ourselves!

To Shen Kuo

This time round we again missed out on you

although before we came

I had checked a lot of info on you

to know that this is the place of your birth and burial

although your life of ups and downs

remains like

a dream of fallen flowers.

Dongming Temple

From Lingmiao, the Ancient Path to Dongming

this place of "Pretty Hills"

I have been pursuing myself

till this very moment

when we run into each other again.

良渚遗址

作者 | 卢文丽

扫一扫
聆听良渚的诗
朗读者：初苗

一梦醒来，已是五千年后
时间凝作我周身的纹沁
这未被风化的爱
是光阴赦免的咒语
深埋于中国江南吴越的良渚

惊动我的人呵
请小心地将我
从风尘仆仆的长眠中捧出
迎着东方，细细端详
面孔充满温柔怜悯
你的目光是地底岩浆
惊醒我沉睡的爱情

惊动我的人呵
我要原谅你的打搅
我引以为豪的孤独
富甲一方的美貌
令秦砖汉瓦黯然失色
自我之后
世间再无精湛技艺

顺着我流畅的线条深入
你定然听见迅疾的蹄声
炙痛神人兽面的玉琮
逐河姆渡水草而来
流水汤汤
携跨湖桥的斜阳归去

顺着我细腻的质地深入
你定然听见一丝神秘琴韵
圆月散发红铜的忧郁
她穿着花朵编织的霓裳
在河边擢发
歌声比古希腊的塞壬动听

顺着我未卜的图案深入
你定然目睹一位裸足的舞者
古铜色后背洋溢骏马的姿势
他的肋骨弥漫彻夜长痛
在永恒陷入宇宙的瞬间
为她戴上缀满香草的桂冠

一梦醒来，已是五千年后
五千年恍若一声叹息
这湮灭的谜语
天圆地方，皓首苍茫
空自身怀绝技
饮思念入喉，凝泪水为脂

静候你毫无征兆的降临

复归最初的温润

作者简介：

卢文丽，诗人、中国作家协会会员、杭州市作家协会副主席、主任编辑，文学创作一级，长期在媒体工作。

The Ruins of Liangzhu

○ Written by Lu Wenli
○ Translated by Ouyang Yu

扫一扫
聆听良渚的诗
朗读者：
Ouyang Yu

When I woke up from a dream, it's after five thousand years

time having congealed into the tattoo all over my body

the kind of love, not yet decomposed

is the incantation of time's amnesty

deeply buried in Liangzhu, of Wu and Yue, in Jiangnan, China

You who have disturbed me

please hold me in your hands and carefully

bring me out of the dusty long sleep

facing the East and examining me in detail

your gaze, lava from the bottom of the earth

having woken up my sleeping love

You who have disturbed me

I'll forgive you for doing so

as the solitude I was proud of

and the beauty that was of the richest

had put the Qin bricks and Han tiles to shame

no more superb skills

after me

Getting deeper along my flowy lines

you must have heard my rapid hooves

as the jade cong that scorched the animal face of the deities

came chasing after the water grass in Hemudu

with rushing waters

returning, with the diagonal setting sun at the Kuahugiao

Getting deeper with my delicate texture

you must have heard a ray of the mysterious instrumental rhythm

as the round moon sent for a sorrow of red copper

seeing her in clothes of cloud, woven with flowers

washing her hair in the river

her songs better than the Greek Siren

Getting deeper along my pattern, not yet predicted

you must have seen a dancer, with naked feet

and a back of bronze colour, in the posture of a steed

his ribs permeated with night-long pain

in the instant in which eternity sinks into the universe he

puts a laurel crown on her head, entwined with fragrant grass

When I woke up from a dream, it's after five thousand years

a span like a sigh

the riddle that has been annihilated

with a round sky and a square earth, and endless white hair

having unique skills, all in vain

managing only to drink from nostalgia and to turn tears into congealed fat

quietly waiting for your descent that has no sign

and going back to the initial warmth

瑶山祭坛

美丽洲

作者 | 任轩

四千多年前的那一夜究竟发生了什么？

在我想这个问题的时候，

一只鸟刚在美丽洲下好蛋。

它饿了的样子，

看似刚飞离一块良渚玉——

那斑斓的纹理是一种自然而然的规律，

是等待，是接受，

是良好的浸润，

乃至成为世人讴歌沧桑的本源。

在良渚玉孵化独特斑纹期间，

被垒成堤的裹着泥的草正在炭化，

呻吟沉思着美丽洲芦苇的不朽。

在黄昏中稳稳叼起一只虫儿的鸟，

它需要蛋白质、氨基酸……

以及不可缺的未知成分。

这像极了关于良渚人的谜团。

它必须壮大自己。

然而孵哺是艰辛的，

再丰满的乳房也不属于身体，

美学和性欲在血迹斑斑的大地上迁徙。

饱食的鸟儿回到它的蛋上，

它将继续挨饿，
直到小鸟有能力出壳的期间，
我仍在想——
四千多年前的那一夜究竟发生了什么？
我也将疑问告诉儿子——
这也是他问过我的问题，
我请他自己寻找答案的同时，
我也在找。我对此之疑惑，
正如我对他未来的一无所知。

作者简介：

任轩，诗人、运河文化研究者，《拱宸》杂志执行主编，拱宸书院院长。

Meili Zhou

○ Written by Ren Xuan
○ Translated by Ouyang Yu

What on earth happened on the night four thousand years ago?

Just as I was wondering about this

a bird gave birth to an egg at Meili Zhou.

The way it went hungry

looked like a piece of Liangzhu jade that had just flown away –

its gorgeous grain a natural law

a waiting, an accepting

a good soaking

so much so that it becomes the source of what people sing of in a sea change.

During the period when the Liangzhu jade was hatching its unique grain

the grass, wrapped in mud and built into the embankment, was being carbonised

and was moaning, thinking over the immortality of the reeds in Meili Zhou.

The bird that picked up an insect, steady in its beak

needed protein, amino acid

and the unknown indispensable elements.

So much like the mystery about the people in Liangzhu.

It must grow strong by itself.

Hatching and incubating were hard

when even the best breasts did not belong to its own body

while aesthetics and sexuality were migrating on the blood-stained land.

The bird, well-fed, returned to its own egg.

It would go on being hungry

till the young one was able to break out of its shell.

I'm still thinking –

what exactly happened on the night four thousand years ago?

I also told my son of the question –

the same one he had asked me.

I am seeking an answer at the same time

as he is. My puzzlement over it

is the same as my ignorance about his future.

玉鸟颂

作者 | 卢山

扫一扫
聆听良渚的诗
朗读者：阿通伯

是一种什么样的力量
帮我推开了博物馆喧闹的波浪
让我们再次重逢？
穿越五千年的幽暗森林
带着那遥远湖畔的光
我看见了你　抖擞夕阳的波澜
屹立在一座山的巅峰
骄傲而孤独地啼叫
让周围的空气跌下山峦

我应该长啸或者痛哭
双手捧出诗歌的黄金并且舞蹈
相信这一定是一种古老的仪式
召唤我扑向词语深渊的冲动
就像多年前我与一位神秘少女的约会
她站在河流对面的歌唱
至今仍在击打着一个少年
余生的血脉的波浪

作者简介：

卢山，青年诗人、文学硕士、杭州市青年文艺人才、浙江省作家协会第九届全委会委员。出版诗集《三十岁》。

Ode to The Jade Bird

○ Written by Lu Shan
○ Translated by Ouyang Yu

扫一扫
聆听良渚的诗
朗读者：
Ouyang Yu

What force was it

that helped me push off the noisy waves of the museum

to meet with you again?

Across the dark forest of five thousand years

with the light of the distant lake

I saw you enlivened with the waves of the setting sun

standing on the peak of a mountain

your chirping, proud and solitary

causing the surrounding air to fall off the mountain

I ought to give out a long yell or burst into tears

holding, with both of my hands, the gold of poetry and start dancing

believing that this must be an ancient ritual

that is calling me to throw myself into the impulse of the abyss of words

the way I went to meet a mysterious girl years ago

She is still standing from across the river, singing

and her song is still hitting the waves of blood

in the remaining life of a boy

玄鸟

作者丨 刘立云

扫一扫
聆听良渚的诗
朗读者：
吕忠堂
张晓燕
朱丹
雷鸣
赵艳华
杨坤
袁思嘉

一

神的信使，背负大海和星辰穿过针眼
但短短的喙终未啄破日月
现在它羽冠纷披，用两扇翅膀缓缓把天空收拢
现在大地翻覆，断裂的时光如一双手
匆匆卷起一幅画；现在
它说，是时候了，告别的日子已来临

玄鸟！所谓"天命玄鸟，降而生商"
这是古人在颂圣时说的
那么，古人是什么时候的古人？宋吗？
唐吗？抑或唐宋以远，商以远，尧舜以远？
博物院院长诡秘一笑，像一朵枯萎的花
关闭虚妄的春天。可我要告诉你
博物院院长姓马，在浮世中，在一地
又一地的碎片中，他钟情天马行空

"有器物证明，那时的马和鸟都长着翅膀
人也长着翅膀
至少他们在玉石上留下的刻痕是这么告诉我们的。"

而玉是有思想的石头，它们细腻
温润，冷暖自知，懂得一个朝代的兴衰

我可以理解雕玉的人和怀玉的人
他们是用汗水和灵性
在掌心里
养一只宠物吗？
因此众鸟高飞，唯有这只它不飞

二

我看见他们在筑城。我看见他们面容黯淡
四肢孔武有力；我看见他们筑起
城墙，筑起拦住河流的大坝，
筑起宫殿、庙宇、祈求风调雨顺的祭天台

他们伐木。他们垒石。他们躬耕和狩猎
他们把一棵棵树挖成独木舟
划向大海，从波涛深处取回鲸鱼的骨头

他们驯服野兽，种植水稻，把稻种
像鱼干那样挂在门前
他们为女人打磨胸前的饰物，打磨玉鸟、玉琮、玉璧、
单管或双管串珠，期盼她们生养射虎的人，
追日的人，刑天舞干戚的人

他们通过一只鸟，与神对话，与苍天
达成和解
并以此建立律法、宗教、伦理、纲常

但他们惊鸿一现，像天空划过的一颗流星
像一个庞大的野战兵团，走进
沙漠，返身抹平自己留下的最后一行足迹

三

或者，它是人类童年的一个梦境
大地上的一次海市蜃楼
如同托马斯·康帕内拉的太阳城……

四

我在辞典上查阅"渚"这个字，辞典告诉我
渚，为水中间的小块陆地
那么是谁告诉辞典的？是我眼前的良渚吗？

这就是说，这里曾是泱泱泽国
这里曾经沧海
这里是洪荒退尽后渐渐露出的一个世外桃源
这里或是被山崩地裂，或是被山呼海啸
或是被海枯石烂

埋葬的，一个城邦，一个古国？

记住这一切的，唯有立在高台上的这只玉鸟
它思接千载，承上启下
它独对苍茫，守口如瓶

五

后来，水漫上来；带海腥味的淤泥漫上来
再后来草漫上来，树木的根漫上来
云朵、闪光的雨和渐渐明亮的星辰漫上来

我想象这只鸟的身影有多么孤独和无助
我想象当一阵强过一阵的风
吹过来，它锋利的指爪，把高台上压住江山的那块砖
都抓出血来了
之后，在凄凄哀鸣中，它渐渐成为那艘
轰隆隆下沉的船，成为最后举起的那根桅杆

发现地下也有一片天空，是后来的事情
发现地下的天空也被星光照耀
同样是后来的事情
发现从此在天空下走动的生灵，眼窝
深陷，既长着一张鸟的脸
也长着一张人的脸，是五千年后的一把洛阳铲

中间隔着沧海桑田，隔着无穷无尽的黑暗

六

我可以是这只鸟吗？我们可以是这只鸟吗？

博物院院长说当然，在古良渚国的天空翱翔
我们谁都可以是这只玉鸟，这只玄鸟
我们谁都可以测出自己
血液里的DNA，说出你我作为人的秘密

关键是它在唐宋以远，商以远，尧舜以远
你有斑斓的羽毛吗？你有飞越苍茫的两扇翅膀吗？

作者简介：

玄鸟
刘立云，诗人、作家、第五届鲁迅文学奖获得者。

The Black Bird

○ Written by Liu Liyun
○ Translated by Ouyang Yu

A.

God's messenger, with ocean and stars on his back, is going through the eye of the needle

but it's a short pecking that did not break the sun or the moon

now, crowned with scattering feathers, he pulled the sky close, slowly with his feathers

now, the earth overturned, the broken time like a pair of hands

rolling up a painting in a hurry; now

he said: it's time to say goodbye

The Black Bird! As the ancients, in singing of the saints, said

"The sky ordered the Black Bird to give birth to the Shang people"

Then, ancients of when? In the Song?

In the Tang? Or beyond the Tang and the Song? Beyond the Shang, the Yao, and the Shun?

Director of the Museum gave a mysterious smile, like a withering flower that closed the false spring. But I have to tell you

his surname is Ma, a horse, and, in a floating world, amidst the fragments from one place to another, he's passionate about the sky horse that travels through the sky

"There are tools bearing evidence that the horses and birds then had wings
people also had wings
or at least the carved traces they left on the jade stone told us so."
And the jade is a thinking stone as it is delicate
warm, self-aware of cold and warm, knowing of the rise and fall of a dynasty

I can understand those who carve the jade or those who hold a jade in
their arms
because they keep a pet
in the heart of their palms
with their sweat and spirituality?
Perhaps for that reason crowds of birds fly high
while this is the only one that doesn't

B.

I can see them building the wall. I can see them with dimmed faces
but powerful arms. I can see them build up
the city walls and erect a dam to stop the flow of the river
building palaces, temples and terraces where they pay sacrifices to the sky
for good wind and rain

They felled the woods. They heaped up stones. They farmed and hunted
They dug trees into canoes
to row out to the sea and to bring back bones of the whales from the

depths of the waves

They tamed the animals, planted the rice and hung the rice seeds
over the door, like dried fish
They polished the decorations for their women, they polished jade birds,
jade cong and jade bi
single-tube or double-tube string beads, hoping that they would give birth
to kids capable of shooting tigers
of chasing after the sun, like Xing Tian, swinging his shield and axe

They, through a bird, talked to deities and the skies
reaching reconciliation
thus establishing their laws, religion, ethics and guidelines

They appeared, all of a sudden, like a meteor cutting across the sky
like a huge field corps, walking
into the desert, turning around to erase the last footsteps they had left

C.

Or it's a dream of mankind in its childhood
a mirage on the land
like the sun city of Tommaso Campanella...

D.

I was checking about the character "渚" in a dictionary which tells me that

"渚" is a small piece of land in the middle of the water
But who told the dictionary so? Was it Liangzhu right in front of my eye?

That means that this here used to be rivers and lakes
and this here used to be a sea
this here was a peach garden outside the world that emerged after the ini-
tial chaotic state
this here was either a collapsed mountain or a tsunami
or a dried ocean
a buried city or an ancient country?

What can remember all this is the jade bird that stands on this raised terrace
as it has thoughts connected to a thousand years ago, right through
and it faces the vastness alone, keeping its mouth tight shut

E.

Later on, water came surging up, with mud that smelled the sea
still later, grass came surging up, tree-roots came surging up
clouds, shiny rain and slowly brightening stars came surging up

I can imagine how solitary and helpless the shadow of this bird is
I can imagine when wind, blow after stronger blow, came
over, its sharp claws bloodied the brick in the raised terrace that pressed down
on the rivers and mountains
subsequently, amid sad cries, slowly becoming the last-raised mast

of the ship, sinking with a boom

It is only after that that I found there was a sky underground

and, likewise, it is only after that that I found

that the underground sky was also lit with the light of stars

and that people walking under the sky had sunken

eye-sockets, with bird faces

and human faces, a Luoyang shovel after five thousand years

separated by a sea change, by endless darkness

F.

Can I be this bird? Can we be this bird?

Of course, the director said. Soaring in the sky over the ancient state of

Liangzhu

anyone of us can be this jade bird, this black bird

anyone of us can find out about

the DNA of our blood, to voice the secret of ours

The key, though, is it beyond the Tang, the Song, the Shang, the Yao and

Shun

Do you have brilliant plumes? Do you have wings that can carry across

the vast spaces?

河姆渡·稻种

作者｜ 海岸

扫一扫
聆听良渚的诗
朗读者：初苗

一颗稻种，活生生的在地下
被深深地埋葬
没有空气没有声音
黑暗断送了可能发生的向往

一颗稻种，迷离微笑的种子
遮蔽的日子真实又彻底
大地的子宫孕育着另一种梦想

一切都那么的安详
一天又一天，单调又漫长
活着就像死去一样
种子的疼痛无声无息

一颗颗稻种，生根发芽的种子
也许就该被埋在地下
灵魂耐得住孤寂、流离与绝望

一颗颗稻种，活生生的在地下
被深深地埋葬
风暴呼啸在泥土之上

悬浮的星河，更高、更久长

一切似乎都汇入长眠
忘却了诞生与死亡
拒绝出土的种子色泽金黄

作者简介：

海岸，诗人、翻译家，现供职于复旦大学外国语言文学学院。

Hemudu – The Rice Seeds

○ Written by Hai An
○ Translated by Ouyang Yu

扫一扫
聆听良渚的诗
朗读者：
Ouyang Yu

A rice seed, alive underground

is buried deep

without air, without sound

its aspiration for happening forfeited by the darkness

A rice seed, one that smiles a blurry smile

its concealed days real and thorough

the womb of the earth pregnant with another dream

Everything is so serene

day after day, monotonous and long

living like dead

the pain of the seed without a sound

Or seed after rooting rice seed

ought to be buried underground

if soul can endure the solitude, homelessness and despair

Seed after rice seed, alive underground

deeply buried

as the storm is roaring above the soil

the suspended river of stars higher, longer

Everything seems to have merged into an eternal sleep

having forgotten birth and death

the seed that refuses to be unearthed is golden-coloured

良渚·玉鸟

作者｜ 海岸

扫一扫
聆听良渚的诗
朗读者：初苗

热衷于飞翔，想象比风更流畅
鸟纹抽象翅膀所有的演化
浮尘岂能遮蔽一路的飞扬
玉鸟，立于时光之上
火焰从毛孔渗入窥探者的内心

沙洲北岸不见人流，唯有远山如黛
江河的源头是一片水泽
打磨石器时代断代的交替
斜坡撒满陶片，盛开漫山的黄秋英
墓地深处垒起一垄祭石的信仰

濯洗的祭坛，露水自然地滑落
鸟的迁徙，打开一部史前的传说
所有的部落隐身于尘埃
荒草举着火苗，烧过待耕的田野
陶罐内，笑声一浪更比一浪高

真知或谎言，开始与结束
内心感知天际的一道道闪电
流失的思绪蓦然回返

水在泥土间预设离席的裂隙
远方西斜，日子终究遗落在一旁

瑶山，群鸟翔集五千年
祭坛的鼓声远去，隔着三重土色
云烟有意，流水终究无痕
一对圆睁的眼睛，传递神灵的飞翔
美丽洲升腾文明曙光，两岸唯有苍茫

Liangzhu – The Jade Birds

○ Written by Hai An
○ Translated by Ouyang Yu

They are passionate about flight, their imagination smoother than the wind

The bird veins abstracting all the evolution of the wings

How can the floating dust conceal the flying all the way through?

The jade birds stand above time

The flame seeping into the inner heart of the voyeur via the viewing pores

No crowds are seen on the northern bank of the sandbar except the distant dark hills

The source of the rivers is a water plain

Whether or not the alternate Stone Age is polished in the division of history into periods

The slope is covered with pieces of pottery and the hills, the yellow cosmos

In the depths of the graveyard is built a ridge of sacrificial stone of faith

Dew water naturally falls off the washed altar

The migration of birds opens up a pre-historic legend

All the tribes hide themselves in the dust

The wild grass holds up flames, having burnt the fields waiting for farming

Inside the pots, waves of laughter, one higher than the other

Truth or lies, beginnings or endings
Only the inner heart knows, by feeling, the flashes of lightning in the sky
The lost thought returns, on a sudden
Water pre-sets the rifts of departure in the mud
And, when the distance inclines towards the west, days will be left to the side

The Yaoshan is where the crowd of birds has been gathering for five thousand years
The drumbeating at the altar has gone far away, separated by the three layers of earthen colour
Even when the cloud and smoke have intentions, the flowing water leaves no traces
A pair of widely opened eyes conveys the flight of the sacred beings
When the dawn of civilisation rises in the Meili Zhou Sandbar, the banks are boundless

在良渚

作者｜ 冯国伟

扫一扫
聆听良渚的诗
朗读者：薛峰

一

神已遁去
王已烟飞
玉鸟冰冻
玉璧蒙灰
噎吁嚱
定定定
时间如魔手
一睡几千年

二

醒了吗？醒了
是谁念了五指山上的偈语
是谁解去了睡美人的魔咒
是谁打开了时光河流中的闸门
是谁启动了地下迷宫的机关和暗道
让一场梦醒来
孤悬在岁月巨大的核里
让一段神迹复活

潜伏在历史的碎片中

谁在问：

你是谁？你从哪里来？你到哪里去？

三

好吧，良渚

请接受一位陌生人的打扰

是一只鸟吗？从一册《山海经》中飞出，一飞千年

是一枚玉吗？从一块天地精灵的石头中灵魂出窍

是一个国吗？从一片沼泽中垒起精神的高地化壁为城

是一个名字吗？从形如半个波浪的美丽之洲现形

良渚，良渚

这是谁的命名

叫你的名字

请还我以回声

四

光照山川

水潜大地

鸟栖灵木

人居佳园

又是谁在说：

随手一指的良渚，

就是诗意栖居的地方

你已然抵达

作者简介：

冯国伟，艺评人。出版有艺术
评论集《艺术人生》《心相印象》
《以心印心》《从心出发》。

In Liangzhu

○ Written by Feng Guowei
○ Translated by Ouyang Yu

扫一扫
聆听良渚的诗
朗读者：
Ouyang Yu

A.

Gods have disappeared

Jade has flown like a smoke

The jade bird frozen up

The jade bi covered in dust

Well, well, well

Forsooth

Time like a devil's hand

In one sleep that lasts thousands of years

B.

Woke up? Awake now

Who was it that did the chanting on the Five-fingered Mountain

Who was it that broke the spell over the sleeping beauty

And who was it that opened the gate to the mechanism of the underground

labyrinth

so that a dream woke up by itself

suspended in the huge core of years

so that a sacred trace came alive

even as it hid itself in the fragments of history

Who was it that was asking:

Who are you? Where did you come from? Where are you going?

C.

Alright then, Liangzhu

Please allow me to disturb you

Was it a bird that flew out of *The Classic of Mountains and Seas*, going for thousands of years in one flight?

Was it a piece of jade that had its soul broken out of the shell of a stone with the spirit of heaven and earth?

Was it a country that built a spiritual high-ground in the swamp, turning the walls into a city?

Was it a name that took shape in the beautiful sandbar, like half a wave?

Liangzhu, Liangzhu

Who was it that named you?

Who was it that was calling your name?

Please return an echo to me

D.

Light that is shining over mountains and rivers

Water that hides in the land

Birds that perch on the sacred woods

People that live in good gardens

But who is it that says again:

Liangzhu that one points out with a random indication

is where one lives with poetry

and where you already have arrived

考古学的历史问题
——或称良渚遗址

作者 | 娥娥李

扫一扫
聆听良渚的诗
朗读者：初苗

我不会为你写古奥的诗以配得上你。
那些被发掘的旧物，如同新生儿
被母亲宠溺，重新成长一次。这是
命运的轮回，在一片信奉它的土地。

河流的湍急冲刷过丘陵、平原、墓地
和人心。但仍无法厘清生命的本质。
躺下。躺下。唯有向土地致敬。

发现消亡约等于魔幻现实主义。
考古学为此哭泣。

时间的刻度横断了历史的剖面。
巫术。宗教。现代意识。
未知。危险。栀子花开再一次
向春天启程。

良渚，神的国度！

一只飞鸟，一个高空的翱翔者

为你贯通神祇；你耕种着
金黄色稻谷的子民是幸福的，
他们离天空那么近

——神徽显灵！

还有那些抽象事物和繁衍的意图
以及文明之根底，它们仿佛
男人的胡须，被女人一捋到底：
玉鸟鸣唱爱情，
流苏发配子嗣。

美是一种负担，在五千年之外绵延。

作者简介：

娥娥李，诗人、自由撰稿人。

A Historical Issue in Archaeology
– or Known As the Ruins of Liangzhu

○ Written by E E Li
○ Translated by Ouyang Yu

I won't be writing archaic and abstruse poems for you

to be worthy of you

The old things, unearthed

grow up again

like newborns, pampered by their mother.

This is the reincarnation of Fate

in a land where it's believed.

The rapid river rushes scouring across the hills

the plain, the graves and the human hearts

unable to sort out the nature of life.

Lie down. Lie down. One has to pay respect to the land.

When it found that demise is roughly equivalent to magic realism

archaeology wept over it.

Scales of time cut across the section of history.

Sorcery. Religion. Modern consciousness.

Unknown. Danger. The cape jasmine flower in bloom.

Journey again to the spring!

Liangzhu, a country of deities!

A flying bird, a soarer on high

is connecting you to the deities

your people farming the golden rice

are happy as they are so close to the sky

— the Sacred Emblem has now revealed its own presence!

And there are those things abstract, with intentions of multiplication

the roots of civilisation like men's moustaches

rubbed by the women right to the end:

the jade bird sings of love

and the tassel exiles the offspring.

Beauty is but a burden, extending itself beyond the five thousand years.

扫一扫
聆听良渚的诗
朗读者：
Ouyang Yu

在良渚看海

作者｜颜峻

有个人正在往海里倒洗衣粉
可能是黑色的洗衣粉
也可能是粉红色的
这有点像我的耳鸣：
可能我从没有过耳鸣
我只想擦干净镜子上的水雾
擦，擦擦，擦擦擦
我看见一个人
在用力地擦着镜子
他只想擦干净一面镜子
他听见了海的叫声

附记：1. 众所周知，良渚没有海。2. 诗创造尚不存在之物。

作者简介：

颜峻，诗人、声音艺术家、噪音催眠师、即兴演奏者。撒把芥末（Sub Jam，前期名为铁托）厂牌的创办者。

Watching the Sea at Liangzhu

○ Written by Yan Jun
○ Translated by Ouyang Yu

扫一扫
聆听良渚的诗
朗读者：
Ouyang Yu

Someone is pouring detergent powder into the sea

perhaps black powder

perhaps pink

which sounds like ringing in my ears:

or perhaps I've never had the ringing in the ears

all I ever want to do is wipe the fog off the mirror

wiping, wiping wiping, wiping wiping wiping

I saw someone

wiping his mirror with force

all he ever wanted to do is wipe a mirror clean

he has heard the sea cry

Note: 1. It is known that there is no sea at Liangzhu. 2. Poetry creates things that are not in existence.

一条良渚玉琮上的线

作者 | 杨炼

扫一扫
聆听良渚的诗
朗读者：张晓燕

玉要消失　叼着刻成的世界
湖绿的肤色要消失　闪耀的视野

远远横过你眼里　一条线
绘出就在磨灭这家园

笔直　鸟儿像鲨鱼牙切割蓝天
肉体鲜嫩而精确　平行于时间

你穿缝　针有个尖的岁月
一阵海啸声的纷纷石屑

洒落　刺痛一丝米一丝米分泌
浅浮雕的颅骨上绷紧的沟回

硬之刻划　耽溺一种软
手伸进形状　泪滴的香咸

是脆的　珠子都晶亮擎着圆心
裸露给射击　五千年简洁成一天

只一次归去　你仍在飞逝
抛光同一道血槽内的美

血沁的灯火片片渗出　淤积
石头暗夜里石窗帘虚掩着世纪

在最深处　玉是一张脸
要　还要　死过的无限

兽性的珊瑚的　白　泛滥至眉间
家　勒紧修改不了的思念

盯着海啸涌起　磨灭
一条线绘成第一个字

作者简介:

杨炼，当代著名诗人，朦胧诗的代表人物之一。

A Line on the Liangzhu Jade Cong

○ Written by Yang Lian
○ Translated by George Szirtes and Yang Lian

扫一扫
聆听良渚的诗
朗读者：
Chen Zhibo

Jade wants to disappear – the carved world in its grip.

Lake-green skin wants to disappear – a strip

Of distant brilliance across the eye –

The line that depicts home also wipes it away

Straight – birds like shark's teeth graze the blue sky

a precise tender body, so birds and hours fly

you're stitching space – time's needle-tip –

jade dust falls, noise of tsunami, the rip

of pain, of needle – dust falling grit by grit –

a tight network, the skull's shallow dip –

hard carving steeped in softness, sulci and gyri

hand enters shape, the teardrop's fragrance, now salty

now crispy – beads' brilliance to hold the circle's eye –

exposed target – five thousand years crystallised in a day.

returning only once, you're always about to quit –
like the burnished beauty of the knife's blood slit

with the light in the jade that leaks and silts up –
stone curtains drawn on centuries, time through a gap,

jade at its core is a face – desiring infinity
but infinity has died, as it must always die –

brute natural coral   whiteness   flooding brow-high –
home – the fixed idea, increasing intensity

staring as the tsunami rises in one huge fit –
the first character: one line paints it.

良渚：大海上升起的文明曙光

作者｜涂国文

扫一扫
聆听良渚的诗
朗读者：金姝明

先民们手捧陶罐。陶罐里满盛着稻种、野果和火焰
这些浑身插满羽毛的人
他们踏着浪涛：这大海的台阶
从愚昧的浪谷，一级一级，登上文明的波峰

沧海亘古如暗夜。他们摘下腰间的玉琮
掷向头顶
黑暗的穹壁，被撞出一个破洞
一轮黄晕的明月，出现在东方的天空

大海抖动一匹柔滑的丝绸
丝绸上，刺绣着繁缛的蟠螭纹和鸟禽纹图案
像五千年后游动在北国崇山峻岭中的万里长城
像龙鳞闪闪的江南太湖、西湖和钱塘江

他们将手中的耜，插在大海的波心上
竖起一杆在风雨中永不倾覆的桅杆
他们将石犁套在脚尖，像驾着一艘航船，劈波斩浪
在空洞的瞳仁，犁出第一道文明的曙光

他们挥动玄鸟的石镰，收割海面上拱涌的浪脊

用这一根根粗壮的苎麻
编织飘扬的布帆、蔽体的饰片、登天的绳梯
以及一匹常漂常新的二十四节气

太阳升起。他们在涛声中搭起一座祭坛
苍璧礼天，黄琮礼地
天圆地方。大海从他们的船底悄然撤退
留下一片浪花，留下遍地的玉化石……

作者简介：

涂国文，国家二级作家、资深教育媒体人、中国文艺评论家协会会员、浙江
省作家协会会员。

In Liangzhu Where the Dawn of Civilisation Rises on the Ocean

○ Written by Tu Guowen
○ Translated by Ouyang Yu

The first peoples held clay pots in their hands, the pots filled with rice

seeds, wild fruit and fires

these people with plumes all over them

were treading waves: the steps in the ocean

from the valley of ignorance, step by step, to ascend to the peak of civili-

sation

the ocean as ancient as the dark night. They took off the jade cong around

their waists

and threw them overhead

when they broke a hole in the dark firmament

where a bright moon, with a yellow halo, appeared in the eastern sky

The ocean was shaking a smooth silk

embroidered with intricate patterns of hydra and bird traces

like the 10000-li Great Wall, moving in the mountains of North China af-

ter five thousand years

and the Taihu Lake, the West Lake and the Qiantang River south of the

Yangtze River

They put their si spades in the heart of the ocean
erecting a mast that never falls in the wind and rain
and they put the stone plough at the tip of their feet, cleaving through the
waves, like a ship
till they brought out the first ray of civilisation in the hollow pupils

They swung the stone sickles with the black bird to reap in the wave-ridg-
es arching in the ocean
and, with the thick bunches of ramie
they wove the fluttering sails, adornments to cover themselves and a rope
ladder to the sky
as well as a sheet of 24 solar terms that keep renewing themselves

The sun is rising. They have set an altar to the accompaniment of waves
with the pale jade bi for the skies and the yellow jade cong for the earth
The skies are round and the earth are square. The ocean is making a quiet
retreat from below their boats
leaving a spread of wave-flowers, and a ground-spread of jade fossil...

扫一扫
聆听良渚的诗
朗读者：
Ouyang Yu

东方之城

作者 | 曹有云

扫一扫
聆听良渚的诗
朗读者：许强

自幽幽峻岭奔腾而来的滔滔江水
在浩浩良渚，放缓了匆匆的脚步
开始了她漫长的劳作与时日
搬运泥沙，涵养水土，哺育万物

日月如梭，光阴似水
一万年复一万年后
那起伏的稻田丝绸一样闪烁舞动
那袅袅的炊烟云雾一样随风飘荡
那宽敞的街衢车水马龙
那繁忙的作坊人声鼎沸
庄严的玉琮自庙堂之高闪耀神圣的光芒
精美的黑陶从江湖之远散发烟火的馨香
日出而作，日落而息
争战与我何有哉

啊，良渚，良渚
星辰之下，大地之上
巍然屹立的东方之城
生生不息的文明之光
照亮了五千年华夏磅礴如诗的漫漫长路

作者简介：

曹有云，藏族诗人，现任青海省作协副主席、海西州作协主席。著有诗集《时间之花》《边缘的琴（2009—2013诗选）》《高地大风》等。

A City in the East

○ Written by Cao Youyun
○ Translated by Ouyang Yu

扫一扫
聆听良渚的诗
朗读者：
Ouyang Yu

The rushing river waters that came from the steep mountains

slowed down at Liangzhu

beginning her endless labour and days

of moving the sands, enriching the earth and nurturing things

Time flies like a shuttle, flowing like water

after ten thousand years and another ten thousand years

the heaving rice fields are shining and dancing, like silk

the curling smoke from kitchen chimneys drifting with wind, like a cloud

the wide streets an incessant stream of horses and carriages

and the busy workshops noisy with human voices

the solemn jade cong showed sacred light from the height of the temple

and the exquisite black pottery spread the scent of fire and smoke from the

distant rivers and lakes

when work began with the rise of the sun and ended at sundown

Did I have anything to do with wars?

Ah, Liangzhu, and Liangzhu

under the stars and over the earth

a city towering in the East

with a last light of civilisation

that shines on the endless road, as powerful as poetry, of the 5000-year-old China

良渚之辞

作者｜ 李郁葱

一、在遗址

一个平常午后的漫步，像它的发掘
而我，偶尔看见这群山，似乎漫步在山麓之间
那些消逝的面容，在停顿和另一个停顿
在云和另一朵云那时间的消融中
事物有他们的秩序：比如我们依水而居
并给予这古老的命名，良渚，美好的水中之洲
在这一日接踵而至的黄昏，当白鹭
把风收束为一缕星光，它们只能有这样倾泻

比如那伟大的修辞，当时间
暴徒的逻辑，从蛮不讲理的泥层中剥开
为什么会有那些假日的眩晕？人们
只是在一面重现的镜子里突然发声
城、村庄，或者是那些河道，和仿佛
没有改变的草木：但会有野兽的咆哮，
并对深夜的篝火怀着深深的畏惧
对人类的犹豫，犹如片刻中的自省

时间是一种古老的记忆，当雷霆波澜不惊

我怀念这些土地之下早已冷却的温度
都曾经有那么微妙的战栗和迎合，他们
上升了这一片土地，在交媾、战争和死亡中
他们延续那记忆的图谱，但被我们忘记
这耕耘毫无意义？这繁衍不足以铭记？
这城墙坍塌，仅仅是大地上不起眼的土堆
万物之夜，鹭鸟飞，俯视水面上的涟漪

二、黑陶

这器皿里有着我们所看见的
那些花纹和颜色，在时间的冲刷下
微弱地展翅：一种光泽，
像一个说话的人，他表达他的意思
却来自异国他乡。我们听懂了他的瞬间
他的漫长却被我们故意忽略

在这样的雕刻中，假如
有最初的圆满，清脆的声响
火中之舞，它伴随着骸骨、玉器
和在沉默中的让我们变得陌生
光阴的镂刻者，他从哪里
找到这样的形象？他从哪里
让自己的骨骼变得这样的坚硬
又被粉碎？在这样的黑色中他看到自己

多么幽暗的此刻，黑
像一个白昼跪下时的庄重
我们按照什么样的线条创造了它？
啜饮于它饱满的躯体
华丽的腰，模仿着蛇的逶迤

这器皿，
如果我们能够拼贴那些遗忘的岁月
在它们被打扰的嘴唇中，
我们会触摸到谜一样的凝视吗？
那些遥远，在冷和热之间
我们封闭了言辞，我们
打碎了自己，而它，曾经是土

三、水稻

从时间的封闭中漏下，这种子
在微弱的斑驳中曲线如桥
它苏醒，如一头狮子的阔步；
它沉睡，仿佛一个季节的轮回
而最初的萌芽仅仅在于它的钝滞
因为饥饿保持了它的火焰

从干瘪到饱满，多少经验被灌注
像是一只燕子的翅羽在飞动中
负担这一片山水。我们看见的

江南，抖动的锦绣，湖光山色
缺席，或者就是一种馈赠

而我们寻找这样的视野，比如
这些迎风的摇曳，用朴素的修辞
脱下农业的黄昏。我手掌里的稻穗
那么轻的重量却让人仔细端详
但它并不承载，正如我们此刻的田园
荒芜在这样的繁华里，多少年
我们顺流而下，在水之源，在水一方

当青蛙依然聒噪于这低沉的夜晚
黑暗中的王吗？我习惯于
它们在光线中悄无声息，潜伏在
这样的晕眩中，围绕着生命的圆舞
如果有一天仓廪足，稻壳
被轻轻吹起，飞入那片风中，
那么很多年，那么时间，那么看见
在这样的一岁一枯荣……

四、插曲

在另外一些地方
也会有这样的生活：

这样发明了火，

但眼睛里都是灰烬；
这样去狩猎，
但仓皇中摆脱；
这样去织网，
但掉入了陷阱……
总是这样的表达，
如果简单的音节
说出丰富的意思

我们有过这样的天真年代
我们有这样的倾诉

太阳被我们的肩膀
扛到了地面之下
所以黑暗降临
所以暮色四起
人，
大地上的问号……

五、玉琮

在纤细的手腕上，美的一瞥
模仿了天圆地方，献祭于这个微蓝的天空
我们会是这天地间一滴凝固的蜜吗？

人是模糊的，神同样暧昧。我们塑造了神

用自己的形象，在文字中
堆砌了他，我们的想象没有抛离大地

但大地在时间的雕琢中：君子如玉
这样的礼貌仿佛细微的断裂
这些石头，这些秩序，这些被打磨的

以那些山水为中心，隐入那些鸟
走兽，和闪亮的鱼，而风和远方
束缚于可以看见的空。我们把生命串成了叮当响

用这样精心凿出的喇叭口
放大我们的视野，能够穿过的不止是骆驼
我们从墓穴中听到它们的沉默

像骨殖，凌乱散布着，
还有那些木材的腐烂，那些石头的笨拙
在这样的美中熠熠生辉

是什么可以让我们保留得更久一点？
如果有一种深深的凝视，像月圆之夜
我们啜饮这干渴，多么古老的饿

六、博物馆

1.

我猜想他们的去向，这些
被泥土捏出来的人早已归于尘土。

不比我们聪明，但也并不愚笨
即使他们觊觎于一个更好的地方

我们看到的沼泽是他们的秘密，
在这些淤泥、泥炭所收藏的言辞里

他们本已是泥土的一部分，
却用泥土捏出时间的阴影，用石器

充实他们空洞的回声，用玉
形成他们头脑中的篱笆。用战争

延续他们的生命：如果一出生
就被时间所流放，他们早已经历

这样空空荡荡的大厅。一如我
厕身于他们之中，像一个隐形者

2.

我们之间的联系？像石和石，石和木
或者是这些石之刀，砍伐着时间的缝隙
曾经跳跃于哪　·年的斑驳
跃过这些界线，当耕耘着的土地
变成了诅咒，还能够听取蛙声一片吗？
或许从这里而来，所有的曙光
来自夜色将尽，而夜色，循环中的时日
像摇晃中的巨石，他们到哪里去
他们从哪里来？当他们走来成为我们
是怎么样的魂魄穿着我们的身体
未来并无守护，凛冬和酷夏，在无限的
光阴里成为我们的领地——
到来，看见，然后离开，像一株
摇曳着，但我们叫不出名字的野花，在河之洲
它简单的生命，从石块间长出来
那么落日，也许会为我们收割
而黎明时我们的梦贴在一起。

作者简介：

李郁葱，诗人、中国作家协会会员，出版多部诗集。

On Liangzhu

○ Written by Li Yucong
○ Translated by Ouyang Yu

扫一扫
聆听良渚的诗
朗读者：
Ouyang Yu

A. At the Ruins

An ordinary afternoon stroll, like its excavation

and I, when I happen to see these hills, seem to be walking between them

those disappeared faces, between one pause and another

in the melting of time between one cloud and another

things have their own order, e.g. we live with water

and give it an ancient name: Liangzhu, a beautiful sandbar in the middle

of the water

in the evening at the end of the day, when white egrets

pull back the wind into a bunch of starlight, they have to be pouring like

that

Take the great rhetoric. When the logic

of time, a thug, breaks out of the unreasonable layer of mud

why would there be the swoon of holidays? People

suddenly utter a voice, in a mirror that re-appeared

cities, villages or the watercourses and the trees and grass

that didn't seem to have changed: but there may be the roaring of the ani-

mals

and a deep fear of the bonfire at night

as well as hesitancy about mankind, like momentary introspection

Time is an ancient memory. When thunder remains unperturbed

I miss the temperature, gone cold a long time ago, underground

which used to have subtle shiverings and panderings, and they

raised this land, continuing the atlas of memory

in the copulation, wars and death, but we've forgotten them

Is this ploughing of no significance? This multiplication not worthy of memory?

The collapse of the city wall is only a mound of earth inconspicuous enough

and on the night of things, the egrets are flying, looking down on the ripples in the water

B. Black Pottery

In this utensil, there are patterns and colours

that we have seen, with weakly opened wings

under time's scouring: lustre of a kind

like someone talking, expressing something

that came from a foreign country. In the instant we understood him

his endlessness was ignored by us, deliberately

In such sculpture, if

there is the initial completeness, crisp sound

dance in the fire, accompanying the bones, the jade ware

and the sculptor of time who turned us into strangers

in the silence. But where did he

find such images? Where did he

make his own bones so hard

before smashing them into bits and pieces? In such a blackness, he saw himself

Such a dim moment, the blackness

resembles the solemnity when the day is on its knees

along what lines did we create it

sipping on its full body

its pretty waist and imitating the meandering of a snake?

This ware

if we can put together those forgotten years

can we touch the riddle-like gaze

in their disturbed lips?

those distances, between cold and hot

we closed the words, we

broke ourselves, and it used to be earth

C. Rice

leaking out of the enclosure of time, the seed

curves like a bridge in the weak dappledness

it wakes up, like the striding of a lion

it sleeps, like the cycle of seasons

and the initial budding lies in its bluntness

because hunger keeps its flame

From shrivelledness to fullness, so much experience has been watered

like the wings of a swallow, in their flight

that bear up the mountain and the waters. Jiangnan

that we see is a rippling silk, with the light of the lakes and the colour of

the mountains

absence may be a gift

and we are seeking this vision, for example

these swayings with the wind, to take the dusk off agriculture

with simple rhetoric. The ears of rice in my hands

so light and yet they cause one to carefully examine them

but they don't bear up anything, like our fields right now

lying barren in such prosperity, and for years

we have been travelling downstream, at the end of the water, on one side

of the water

When the frogs are croaking on this low and deep night

Are they the kings of the darkness? I am used to

their quietness in the light, taking cover

in such dizziness, around the round dance (waltz) of life

if the granary is full and the rice hulls

are blown away, lightly, into that wind

then many years, then time, then see

in such vicissitudes, year after year...

D. An Episode

In another place

there may also be such a life:

inventing the fire like that,

with ashes all over the place in the eyes;

going hunting like that,

but breaking away in panic;

going to weave a net,

but falling into a trap...

always expressions like that,

if simple syllables

can express rich meanings

We had such innocent years

we had such confessions

the sun shouldered by us

to below the ground

so the darkness rose

so the colours of the evening rose all around us

人 (people),

a question mark on the land...

E. The Jade Cong

On the delicate wrist, a glance at the beauty
imitating the round sky and square earth, making sacrifices to his slightly
blue sky
can we be a drop of congealed honey between heaven and earth?

People are blurry the way gods are ambiguous. We have created God
in our own image and have piled Him up
in words, our imagination not deserving the land

But the land in time's sculpture: A gentleman is like a piece of jade
such manners seem fine breakages
such stones, such orders, such that are polished

With those mountains and waters as the centre to hide those birds
those animals, and the shining fish, and the wind and the faraway
bound by the seeable sky. We have strung lives up into a ringing sound

With such exquisitely carved fork horn
to enlarge our vision, what we can go through is more than the camel
we hear their silences in the tomb

messily scattered, like skeletons,

and those rotten timbers, those clumsy stones

sparkling in such beauty

What is it that can allow us to keep it longer?

If there is a deeper gaze, like the night with the round moon

we'll drink this thirst, such an ancient hunger

F. The Museum

1.

I'm guessing where they've gone, these

people, kneaded out of mud, who have long returned to dust.

They were not more intelligent than us but they were not stupid

even if they coveted a better place

we can see that the swamp is their secret,

in the words collected by the mud and the peat

They were part of the mud

but they kneaded the shadow of time from the mud, with stoneware

to fill their hollow echoes, with jade

to form the fence of their brains. With wars

to continue their lives: If exiled by time

at birth, they had long experienced

such empty halls. Like me
tiny among them, like someone invisible

2.

The connections between us? Like the stone and the stone, the stone and
the wood

or these knives of stone that are hacking at the seams of time

in what year did the dappledness leap

across these boundaries and when the ploughed land

turned into curses, can one still hear the spread of the croaking frogs?

or perhaps, originating from here, all the first morning lights

will come from when the night is coming to an end, and the night, hours
in circulation

resemble the huge rocking rocks, where will they go

where did they come from? When they became us

what souls wear our bodies

The future has no protection, cold winters and scorching summers, in the
unlimited

time will become our territory –

arriving, seeing and leaving, like

a swaying wild flower that we can't put a name to, in the sandbar of the
river

its simple life, grown out from between the rocks

then, the setting sun may possibly reap for us

and, at dawn, our dreams may stick together

从玉器的光晕中瞭望良渚古城

作者｜ 王若冰

临水而居，我还是需要一串古老的玉珠
和时光一样寂寞的光晕
为我昨夜于草尖上酣睡的灵魂
擦拭灰尘，指引光明

如果这玉琮上的兽面纹理面向东方
我就能恭请众神于谷雨时节
在太湖周边的大野撒播稻谷
我也将追随族长和图腾
用太阳的影子和飞禽翅膀
追赶稻穗上奔跑的收成

如果一只巨大的玉璧端坐庙堂之上
我就能在潋滟水波中瞭望到
飞鸟翱翔、猛兽出没的晨光里那座
宫阙嵯峨、粮仓高隆、人神共舞的古城

作者简介：

王若冰，诗人、作家、秦岭文化学者、高级编辑、中国作家协会会员、天水
日报社副总编、天水市作家协会主席。

Watching the Ancient City of Liangzhu from the Halo of the Jade Ware

○ Written by Wang Ruobing
○ Translated by Ouyang Yu

扫一扫
聆听良渚的诗
朗读者：
Ouyang Yu

Living by the waterside, I am still in need of a string of ancient jade pearls

and of the halo as solitary as time

to wipe the dust and to direct the light

for my soul, soundly asleep on the tips of the grass last night

If the traces of the animal face on this jade cong face the east

I can then invite all the deities to come in the season of Grain Rain

to spread the rice on the great wilderness around the Taihu Lake

and I shall follow the tribal leader and the totem

to chase after the running harvest on the ears of rice

with the shadow of the sun and the wings of flying fowl

If a huge jade bi is seated in the temple

I shall watch, in the billowy waves

the ancient city with towering palaces, tall barns and dancing deities and human beings

in the morning light in which birds are in flight and animals appear even as they disappear

深处之光
——关于良渚某个玉器的十个诗句

作者 | 苏建平

扫一扫
聆听良渚的诗
朗读者：
张晓燕
刘超

一

一个玉器在博物馆里歌唱：有一个男人爱上了一个女人，用嘴唱，用嘴吮。男人和女人交接的口中，全都含着稻米的记忆和清香。

二

它刚好是这两个命运之人的不二信物，并顺便拷贝了注定要丢失的种种生活细节，埋藏在自己坚硬的深处。

三

它先是挂在男人脖子处。后来挂到了女人脖子处。它吸收了两种体温：雌与雄。像一纸契约：它保管了这两个命运之人的婚姻。

四

它本身的肉是硬的：像一块石头；像刮来的冬天的西伯利亚冰冻的冷风，像东南海上刮来的夏季的粗野的台风。

五

无端端之物。比泥土要硬结。男女共同信仰之物。仿佛晚餐时：两个人不约而同把勺子伸进了炖着野味的汤锅之中。

六

它给出了一些奇异的说法：反对夏天的凉，反对冬天的暖。最主要的，它的色泽在与皮肉摩擦中悄悄变色。

七

四季轮回在它内部放慢了脚步。一棵树的绿叶与枯黄，等同于它石质之心变化的愿望之始。它的路如此之长。这正是它被佩戴的理由。

八

当它出现于两个人中间时，一种多于它，同时多于两个人的东西出现了。这种东西将反复地将它灌注又灌注。

九

那男人，那女人，在如此光洁的岁月里，把它的粗糙接了过去。而它在他们皮肉日渐粗糙的时光里，还给他们一种恰到好处的光洁。

十

那是它自我反复长成的果实。它如此有耐心地反复地长，像在任何不毛之地，长出了仅仅只需一束却可以照耀两个人的光。

作者简介：

苏建平，浙江省作家协会会员。江南人氏。擅长读诗与写诗。

Light in the Depths
– 10 Stanzas on a Jade Ware in Liangzhu

○ Written by Su Jianping
○ Translated by Ouyang Yu

A.

A jade ware is singing in a museum: A man falls in love with a woman, singing with his mouth, sucking with his mouth. The connected mouths of the man and the woman are full of memories of rice and its fragrances.

B.

It's just the keepsake, of oneness, for these two people of fate and that, along the way, copies the life details bound to be lost, buried in the depths of its own hardness.

C.

It's first hung around the man's neck, then around the woman's neck. It absorbs two body temperatures: female and male. Like a deed: it safe-keeps the marriage of the two.

D.

Its own flesh is hard: Like a stone: Like the icy wind from the Siberia in winter, like the wild typhoon in summer, from the sea in the southeast.

E.

Reasonless things. More hardened than the mud. A thing of the man and the woman's belief. Like at dinner: when the two happen to put their spoons into the stewed soup of game at the same time.

F.

It gives a number of strange versions: cold against the summer and warmth against the winter. In the main, though, its colour quietly changes in the friction of flesh and skin.

G.

The cycle of seasons slows down inside it. The greening and yellowing of a tree are equivalent to the beginning of its wish for a change in its stony heart. Its road is so long. And that's exactly why it is worn.

H.

When it appears between two people, something appears that is more than it, more than the two. This thing will pour into it and keep pouring.

I.

The man, and the woman, in the years with such shine, have accepted its roughness. And it gives them a right shine when their skin daily roughens.

J.

That is the fruit it keeps growing into. It has so much patience to repeatedly grow, like in a barren place, where only one bunch of light is needed that can shed light on two people.

神与王的国度

作者｜ 余刚

扫一扫
聆听良渚的诗
朗读者：天明

一、古城宫殿区

抹香鲸神迹的第几次消失
拉脱维亚历史的第几次中断。

陌生的事物，屡屡与更陌生的树枝相逢
最终将为土地所蚕食，被历史所纠缠
玉器和光滑，被拂晓的新月收割
艺术品位的一次预演。

寂寞的城池曾经装满贵族的装饰
却一再隐藏在云层里面
至少是有云彩式样的饰物留了下来
为我们讲述抹香鲸消失的一天。

为消失的神迹找到一丝海洋的价值
也为不打鸣的南方找来一点惊艳
因为当事人的泪流满面
所以鸟儿眼里的沧海桑田就是瞬间。

二、良渚的贵族

在那些深奥而平凡的祭祀场地
贵族们以春游的方式到达
点燃那些还在潮湿的松枝。
刹那间的烟花礼炮
分明是在照耀外星人古怪的外貌。

没有更多的体力
去想象亚德里亚海的遭遇
和日本海的大战。
事先制作的陶器宫保鸡丁
总是在仪式最疯狂的时刻被送出
难道是为了不费吹灰之力的今天。

看似轻松的水滴，背后是一条河流
缓慢地打通一些低地
海洋的蒸腾似乎更加浩大
云层，云层，到处是云层
这无疑触犯了不知在哪的宫殿。

眼下，工匠在那里模仿太阳和月亮
工匠的手，是冒充的十八世纪匠人
在联合国的讲台十分引人注目
可他的眼睛，像煞无法不悲伤的先知。

于是所谓的花园，玉石在争奇斗艳

像五彩的云霞一样拼合成早晨
有人说是东方文明的曙光
我却觉得是贵族的巧笑。

我看到了祭祀地盛大的欢乐
这欢乐可能持续半个世纪
希望杜鹃的泣血就那么一两次
渡过至暗时刻自我造就的劫数。

三、祭祀的方向

那些唱唱跳跳的调笑时刻
并没有校正当初的伤口
也没有什么芦苇发白的摇摆
无非是当初的天空寥若晨星。

天上的猎人寻找大力的天狼星
天狗想一口吞掉太阳和光明
可惜，只是公元前的秘密
是海龟远未抵达沙滩那一刻的情景。

是那种惊为天人的水利工程
将排水管置放在石头的凹槽
将凹槽又置放在遗址的虚线里
经过时间的缝合，从而超越了三峡水坝的意义
埃及阿斯旺的拦截里可以听到溪流的声音。

那些流入的宝石并未流经印度
却在日本海的海底经历了阵阵浪涌
如果说避开了外滩的明珠
是否也是一场世博会的夜场秀
来自天上的雨水侵入了石库门的银行禁地。

这变成了膜拜，而膜拜又变成了祭祀之地
这是在工作之时吗
我看到江南风格的屋檐在昂起，在低头
他们在为李商隐作铺垫
却又在不经意间被李商隐击伤
漫上的水让这座城市如此之小
最终玉石的长裤一定无处可逃
在今天博物馆的展台闪闪发光

在巫术的作用下
博物馆一定会被抽去灵魂
谁让灵魂是这样的不堪一击。

四、内城的玉琮

月亮在光纤的带领下
进入水田和稻谷的领地
与一幅魔幻的画有异曲同工之妙
那是世界的走向吗

在天体的乌托邦那里备过案了吗。

一切都淹没在吴刚的汗水里
连桂树都肃然起敬
内城的七巧板
玉石的巨大圆轮，使蚂蚁一举为王
蚂蚁窝巢的灯光灿若星辰
吸引了外来的拓荒者
人人怀揣这个小小秘密
世界用反山的玉钺切割土地
一切都将真相大白

那是水田的水蛭
在驯服虚幻的城市
水利工程自此完成
虽然大禹依旧摸不着头脑
期待着水流向着外城散去
就像嵇康的琴弦上流淌元朝的散曲
而不是令人惋惜的《广陵散》。

良渚在此刻创造了一面魔镜
赢取了帝王的第一根金腰带
赢取了确切的时间
和地点：我家旁边。

五、玉琮上的神徽

无论是井底或井上的蛙声
都不能解释逍遥以后的走向
在七彩的焰火里更加难以辨别
那一张神 一般令人诧异的脸
是否出自全是数学和数字的阿加农神庙
以及三星堆某一个还未被注意的头像。

头像的金箔面具
突出了西湖小瀛洲上金鱼的大眼睛
以及自以为是造物主的无厘头思想
正在锻造此刻为何时的礼花
要隐去什么
当然也要浮现什么。

于是所有的重量都压在这个高傲的神像上
我尊他为健谈的使者
加速财富化和贫穷化的使者
也许中间要抽取什么才显得更为神秘
这就是外城几乎一无所得的意义
文字几乎不能生长和证明的意义。

这是给所有的来者的暗号
后来者可以一笔抹杀
也可以点石成金
可是这尊神并无表情

我想在水网地带都没有表情
在江南都北方化的调色板上
去揭示那些饶有意味的谜语。

我只赞叹这尊玉钺的神
用砍刀砍去不断长高的荆棘
并且有意略去中间的几千个岁月。
这样，神可以安安稳稳
哪怕坐在异国他乡
哪怕在一艘巨轮上夸夸其谈
比起那些义和团的义愤和刀枪不入来
又算得了什么
就算没有猪肉
那算得了什么
只要你有苏格拉底的大脑。

在闹剧中开始的
不一定在闹剧中结束。
三星堆有几十个神
而这里有几千块玉石
于是我知道了真假。

我家的旁边
玉石的数量在堆积
玉石的王和神在膨胀。
从最遥远的地方回来的，竟是普通数字
从最遥远的地方回到身边的，那是语言。

那么逍遥之后
在时间的爆米花机里
良渚人的超级财富
如今有何用?

作者简介:

余刚,当代先锋诗人,著有《热爱》《垂杨暮鸦》《梦幻的彼岸》《超现实书》
《锦瑟》等。

The Realm of God and King

○ Written by Yu Gang
○ Translated by Ouyang Yu

扫一扫
聆听良渚的诗
朗读者：
Ouyang Yu

A. Palace District, in the Ancient City

One of not-sure-how-many disappearances of the sperm whale
and one of not-sure-how-many interruptions to the history of Latvia.

Strange things constantly meet up with stranger branches
eventually eroded by the land and entangled by history
jade ware and smoothness are both harvested by the new moon at dawn
a rehearsal of unrestrained artistic taste.

The moat of the city, once filled with the aristocratic decorations
keeps hiding itself inside the cloud
at least, though, decorative stuff, with cloud patterns, remains
to tell us of the day when the sperm whale disappeared.

finding a slight oceanic value for the disappeared trace of gods
and something stunning for the South that never crows
because the one in question is in tears
the sea change in the eyes of a bird is an instant.

B. The Aristocrats in Liangzhu

The aristocrats arrived, as if by way of a spring outing
in the sacrificial site, profoundly ordinary
to set fire to the still wet pine branches.
The firecrackers, set off in an instant
are obviously shining on the weird features of aliens.
There's no more physical strength
to imagine the encounter in the Adriatic Sea
and the great battle in the Japan Sea.
The Kung Pao Diced Chicken in pots, prepared in advance
are always brought out when the ritual is at its wildest
or is that meant for today when even the least effort is unnecessary?

What looks like relaxed drops of water has a river behind their back
slowly opening up the lowlands
where the steaming of the sea seems even more expansive
layers of cloud, layers and layers everywhere
doubtlessly in violation of the no-one-knows where palace.

Right at the moment, the craftsman is imitating the sun and the moon there
his hands are the fake hands of a craftsmen in the eighteenth century
very eye-catching on the UN rostrum
but his eyes very much resemble those of the prophet who can't help be-
ing saddened.

Hence the so-called garden, with jade stones in rivalry

piecing together a morning, like the five-tinted clouds

that some say are the dawn light of Oriental Civilisation

but I find to be the clever smile of the aristocrats.

I have seen the spectacular pleasure of the sacrificial place

which may last half a century

while hoping that the cuckoo stops short of crying blood once or twice only

tiding over the self-created disasters in the darkest hour.

C. The Direction of the Sacrifice

In the flirtatious moments, of singing and dancing

no wounds of then were corrected

nor was there any whitening swaying of the reeds

nothing more than the sky then was as sparse as the morning stars.

The hunter in the sky is seeking for the Sky Wolf Star (Sirius)

and the Sky Dog intends to swallow up the sun and the light

Unfortunately, that's all the secret before the dynasty

the moment when the sea turtle was far from reaching the beach.

And it's the kind of hydroelectric project that's God's work

with the drainpipes placed inside the troughs in the stone

and the troughs placed on the dotted lines of the ruins

exceeding the significance of the Three Gorges Project when sewn up by time

and, in the damming of the Aswan Dam in Egypt, one can hear the stream.

The gems that flew into it have not flowed past India

but they have experienced the surgings at the bottom of the Japan sea.

If the bright pearl has avoided the Bund

will it be also a night show at the World Expo

where the rain from the sky invades the forbidden ground of banks in the

Shikumen.

That has turned into a worship which further turns into a place of sacrifices

Did that happen at the time of work?

I can see that the Jiangnan-style eaves are erecting themselves, heads low-

ered

foreshadowing Li Shangyin

but wounded, inadvertently, by him

the flooding water having made the city so small

that the long trousers of jade stone must have nowhere to run away to

shining instead on display in today's museum.

With the effect of witchcraft

the soul of the museum will definitely have been removed

for it is so vulnerable.

D. The Jade Cong in the Inner City

Guided by the optical fibres, the moon

is entering the territory of rice paddies and rice

achieving the same magic wonder

or is that the direction of the world

that is on record in the utopia of the sky?

But everything has been drowned in the sweat of Wu Gang

to such a degree that even the laurel trees pay respect

while the Tangram of the inner city

a huge wheel of jade stone, turns the ants into kings

whose nests are as brilliant as the stars

having attracted the explorers from elsewhere

everyone harbouring the little secret

that if the world uses the Fanshan jade axe to divide the land

the real truth will out.

That's the leeches of the rice paddies

taming the virtual city

the hydroelectric project completed by now

although Yu the Great still has no idea

expecting that the water will flow towards the outer city

the way sanqu (loose music) of the Yuan dynasty flows over Ji Kang's

strings

not the *Guanglin Verse* that one feels sorry about now.

In that moment, Liangzhu created a magic mirror

winning the first golden belt from the emperor

and the exact time

and place: in the vicinity of my home.

E. The Sacred Emblem on the Jade Cong

No croaking of the frogs at the bottom or top of the well
can explain the directions after the peripateticism
even more difficult to distinguish in the seven-coloured fireworks
did the god-like face that stunned people
come from the Parthenon of mathematics and numbers
or one of those head images, not noticed so far, in the Sanxingdui.

The gold-foiled mask of a head image
highlights the big eyes of a goldfish in the Small Yingzhou in the West
Lake
and the loony tune thought of oneself as the Creator
forging the fireworks of now as whatever time
concealing something
while, of course, revealing something else.

As a result, all weight presses on this arrogant idol
whom I respect as a messenger for talking
one that speeds up the process of getting rich and getting poor
that may become more mysterious with something removed right in the middle
that is the significance of nearly nothing gained in the outer city
and that of words incapable of growing and proving.

That is a signal for all the sad ones and all the latecomers
who may be struck out in one go
or be turned into gold the way a stone is so turned

but this idol remains expressionless

and, I think, they all remain expressionless in the belt of water nets

but in the northernised palette of Jiangnan

we'll have to reveal the meaningful riddles.

All I sing praises of is this god of jade axe

cutting down the thorns that keep growing in height, with its chopper

and deliberately ignoring the thousand years in between.

That way, the god can safely

sit, even in an alien place

and talk, even on board a big ship

What is that

if compared with the fury of the Boxers and their invulnerabilities

even if there is no pork

what is that

if you have the brain of a Socrates.

What began in a farce

may not necessarily end in one.

There are scores of deities in Sanxingdui

but there are thousands of jade stones here

and that's how I know the genuine from the false.

In the vicinity of my home

the number of jade stones is heaping up

and the king of jade stones and deities are expanding.

What comes back from the furthest turns out to be the ordinary numbers and what comes back from the furthest to one's own side turns out to be the language.

Then, after the peripateticism

and in the popcorn machine of time

what use there is

for the super riches of the Liangzhu people?

今夜我在巴库

作者 | 刘斌

傍晚

你站在良渚王国的圣殿上

夕阳穿过百丈岭的上方

神鸟在天空上留下飞翔的轨迹

彩云如同镶了金边的衣裳

此刻

我站在阿塞拜疆的圣殿上

午阳照耀着这洁白的礼堂

良渚之名正在被全世界颂扬

相同的时刻不一样的时光

是你　穿越了五千年光阴

还是我　走过了几万里山河

良渚　阿塞拜疆

今夜我们在巴库

相会在里海的岸边

重温丝绸之路上的友情

划过脸上的风

如丝绸般的柔软

带来东方远古的文明
里海的夜
像宝石一样的宁静
守着阿拉伯古老的传说
今夜因为你　而注定永恒
良渚　阿塞拜疆

At Baku Tonight

○ Written by Liu Bin
○ Translated by Ouyang Yu

扫一扫
聆听良渚的诗
朗读者:
Chen Zhibo

In the evening

you stand in the sacred palace of the Kingdom of Liangzhu

when the setting sun is going over the Baizhangling

the sacred bird leaves the sky with tracks of flight

and the colour clouds look like gold-trimmed clothes

Right at this moment

I am standing in a sacred palace in Azerbaijan

when the sun is shining on this white auditorium

and the name of Liangzhu is lauded all over the world

similar moments but different time

It's you that have gone through five thousand years

or I have covered mountains and rivers for tens of thousands of li

Liangzhu   Azerbaijan

tonight when we are in Baku

meeting on the shore of the Caspian Sea

renewing our friendship on the Silk Road

The wind that blows across my face

is as soft as the silk

bringing in the civilisation of an ancient East

while the night in the Caspian Sea

is as serene as a gem

keeping its ancient Arabic legend

But, tonight is destined to be eternal because of you

Liangzhu Azerbaijan

良渚一日（组诗）

作者｜高鹏程

良渚一日

饭在豆里。鱼在鼎中。

还有那只刚刚烧好的三足陶罐，已经被我灌满了清水。

今天不知道是这世上的哪一天

阳光这么好

我们撒下的那种名叫稻的种子，收成很好。

我打下的猎物，已经足够我们应付即将到来的冬天。

还有什么所求呢？

你用头发和骨针编织的网

网来了鱼和我。

我们用新磨的玉璧祭了天，用玉琮祭了地。

还有什么所求呢？

阳光这么好，你丰腴的胸乳，好像一头最美的母兽。

我忽然觉得，

应该有另一种特别的方式

我们从未使用过的方式来表达

我对你生生不息的性欲。

若干年后的人们，

能够用一些奇怪、完整的符号表达对你的赞颂

但我现在只会用最简单的线条，划出一些

只有你和我能懂的记号。

我随手划下的我们种稻的地格，后世的人们称之为"田"

划下为你在草棚下豢养小猪

后来的人称之为"家"。

而我划下的你头戴骨锥站立的样子

后世的人们将会称之为"美"。

注：甲骨文中，"美"其实是站立的人，头戴羽毛头饰的形状，后来简写时误作"羊""大"两个字。鲁迅先生也曾经把"美"解释成"戴帽子的太太"，亦即此意。

良渚玉鸟

它在另一个空间里飞。使用

我们看不见的翼翅。

绚丽的羽毛，已经化为精细的阴刻线条。

笨拙的光线里，晃动着南方水域细密的水纹。

它的鸣叫，已经成为一件器物上的包浆和沁色。

轻盈、宁静、内敛。带着

那么一点让人费解的神秘。

它被人创造，却有了人

所不能及的某种神力。

这是春日里的古老南国，万物苏醒，而博物馆里

时间还在沉睡

只有它，借助现代光影在我们身边飞

划出的弧度里，带着对人间难以觉察的眷恋。

良渚遗址：时间加减法

"废墟比生活重要。"
很多年后，一片重新暴露在日光下的陶片这样说

在良渚遗址，时间已经删减了太多的东西：
比如一堆五千年前的灰烬
灰烬上面的火光
火光上面的
一只夹炭陶平底盘，以及盘子里曾经炙烤着的食物

"为了繁衍的生殖，比爱情重要。"
一张侧向阴影中的脸，减去了秀发、明眸
种子比生存更加重要
于是，

时间减掉了所有的东西：粮食。爱情。家园。
最后的火光。最后的秘密
都融进了
对一粒稻谷的凝视
那里，收藏着一个古老部族文明核裂变的全部基因。

作者简介：

高鹏程，诗人，著有诗集《海边书》《风暴眼》《退潮》等。

A Day in Liangzhu (Sequence)

○ Written by Gao Pengcheng
○ Translated by Ouyang Yu

扫一扫
聆听良渚的诗
朗读者：
Ouyang Yu

A Day in Liangzhu

Rice in the beans. Fish in the ding (tripod cauldron).

And the three-footed clay pot, just warmed up, is filled with clean water

by me.

Don't know what day is today in the world.

The sunlight so good.

The seeds, called rice, that we scattered, have brought in a good harvest.

The prey I've hunted is enough for us to deal with the coming winter.

What is there to need?

The net you have woven with hair and bone-needles

has got the fish and me.

We have made sacrifices to the sky with the newly polished jade bi and to

the earth with the jade cong.

The sunlight is so good and your plump breasts resemble those of a most

beautiful animal.

I have a sudden feeling

that there ought to be another special way of expression

one that we have never used before, to express

my unending sexual desire for you.

People in a number of years

may express their praises of you in strange, complete signs

but all I can do is use the simplest lines to draw

signs known to you and me.

Randomly, I drew squares for the rice we planted, subsequently known as

"田" (field)

and I drew you keeping pigs under a thatched roof

subsequently known as "家" (home)

and I drew the way you stood, wearing the cone of a bone on your head

subsequently known as "美" (beauty).

(The poet's note: In the oracle bone script, the character "美" actually refers to a standing person, wearing feathered headgear but, in the simplified script subsequently, it's mistaken as "羊", sheep, and "大", big. When Mr Lu Xun explained that "美" means "太" (wife) wearing a hat, that's exactly what he meant.)

The Jade Bird in Liangzhu

It's flying in another space, by

wings we can't see.

Brilliant feathers have turned into fine lines of intaglio carving.

In the clumsy light, meticulous ripples of the Southern region are sway-

ing.

Its tweetings have become the tintings and colourings of a utensil

lithe, still and restrained, with

mystery that somehow defies understanding.

Humanly created, it carries

a sacred power beyond the human.

This is the ancient Southern State, on a spring day, when things come to

life although time

is still soundly asleep in the museum

except it that is flying by our side, on the strength of the modern light and

shadow

drawing a curve with an imperceptible nostalgia for the world.

In the Ruins of Liangzhu: Addition and Subtraction of Time

"Ruins are more important than living."

Many years after, a piece of pottery, once again exposed in the sun, said

thus

In the ruins of Liangzhu, time has done so much addition and subtraction:

Take the heap of ashes five thousand years ago

the fire over them

the flat-bottomed plate of charcoal pottery

over the fire and the food being roasted in it

"Birth for the purpose of propagation is more important than love"

A face, turned towards the shadow, is subtracted of its pretty hair, its

bright eyes

and the seeds are more important than survival

so,

time has subtracted all: food. love. home.

the final fire. the last secrets

all merged into

the gaze at a seed of rice

where all the gene of fission of the civilisation of an ancient tribe is stored

up.

致良渚

作者 | 叶舟

扫一扫
聆听良渚的诗
朗读者：郑好

将一块玉寄在水边，请求
玄鸟和朱雀守候。那些稀薄的黎明，
最初的口音，一定像一场爝火与散步，
邂逅于良渚。这时候，谁打开了天庭，
谁就找见了来路，以及神圣的威仪。

将一捆稻禾埋在江南，在广大的
雨季，一饭之恩，往往并不那么简单。
如果伞下有一匹马，一只陶钵，
另外还要预备上一支竹杖，一双芒鞋，
交给春秋，或者路经此地的苏东坡。

将一个汉字，甚至一首诗，
秘密地浣洗、包扎、修复，然后吐露锦绣，
织成一幕柔软的丝绸。其实，
那失而复得的弟弟，骑着月亮，
一直在暗夜下吟咏，偶尔回眸。

作者简介：

叶舟，诗人、小说家，第六届鲁迅文学奖得主，作品《敦煌本纪》入选第十届
茅盾文学奖10部提名作品，甘肃省作家协会主席，著有《大敦煌》《边疆诗》等。

To Liangzhu

O Written by Ye Zhou
O Translated by Ouyang Yu

扫一扫
聆听良渚的诗
朗读者：
Ouyang Yu

Have a piece of jade kept at the waterside and ask

the Black Bird and the Vermilion Bird to keep an eye on it. The earliest accents

on those thin dawns, must have sounded like a small fire and a walk

meeting in Liangzhu. On such occasions, whoever opened the gate to heaven

would find the incoming road and the sacred majesty

Even with a bundle of rice seedlings buried in River South, it is not so easy

to secure the grace of a bowl of rice.

If there are a horse under the umbrella and a ceramic mortar

you'd also have to have a bamboo stick and a pair of grass shoes

to have them over to the spring or autumn or Su Dongpo who happened to walk by.

Secretly wash a Chinese character or even a poem

bind it up and repair it before revealing the brocade

and spinning it into a soft sheet of silk. In fact

the young brother, lost and found, had been riding the moon

chanting in the dark night, occasionally turning to glance back

良渚岛，并不是一座孤岛
——兼致诗友张海龙、陈智博、泉子

作者 | 方健荣

扫一扫
聆听良渚的诗
朗读者：张成娟

时间注定是一片大海，也是一座隆起的陆地

当我从西域走来

踏上良渚的岛屿，每一座岛都不再是孤岛，每一个人，都拥有了相遇

在一行书法里，一块玉中

我们是结伴而行的翅膀

五千年的时间

稻米、玉琮、白莲中结晶的中国

这是漫长的拥抱

这是沙漠与海水喋喋不休的爱情

在黑暗的最深处久久珍藏

把一个汉一个唐冷冻起来

把月亮和星辰冷冻起来

而热血，沿着柔韧绵长的内心

跌宕起伏，澎湃击打

在手指里起伏流淌

石头，碗，鼓

惊天动地的音乐

大风一般传遍了每一座山

血脉般流进每一条河流

我从沙漠而来
骑骆驼沿丝绸之路而来
我的白鸟呢 ， 我的江南
我的良渚岛　并不是一座孤岛
踩着一级级向上的台阶　在时间里行走
我也是一株稻米　怀抱芳香
我也是一朵莲花　独自洁白

每一个人，都不是一座孤岛
我的良渚岛，在海水里
又一次怒放，在江南
红鲤游弋浅底
船只来来往往
一颗昼夜旋转的地球
是永不坠落的信仰

在五千年里，在未来的五千年里
当我们再一次在善意里相遇
看见无垠的天空中
写满了龙飞凤舞的象形文字
一个人又一个人
长出翅膀
拍打着蔚蓝时间　远走高飞
横渡苍茫

作者简介：

方建荣，诗人，现为甘肃省中华文化促进会副主席、青海石油文联第三届作家协会副主席、敦煌市作家协会副主席。

The Liangzhu Isle Is Not a Lonely Isle – To My Poet Friends Zhang Hailong, Chen Zhibo and Quan Zi

○ Written by Fang Jianrong
○ Translated by Ouyang Yu

Time is predetermined to be an ocean, and also a raised land

When I came from the Western Region

and stepped on the Liangzhu Isle, no isle is a lonely one any more as everyone owns an encounter

In a calligraphic line, and in a piece of jade

we are wings as travel companions

and in the time of five thousand years

in China where rice, jade cong and white lotus-seeds are crystalised

this is an endless embrace

and this is the chatting love of desert and ocean

treasured in the deepest of the darkness

with a Han dynasty and a Tang dynasty frozen up

and the moon and the stars frozen up

while the hot blood, along the heart of hearts, resilient and lasting

heaves and hits

flowing between the fingers

stones, bowls and drums

with sky-shocking music

sweeping across every hill, like a big wind

and flowing into every river, like blood

I have come, on the back of a camel, along the silk road

Where is my white bird, my River South

My Liangzhu Isle is not a lonely isle

Walking up the steps   within the time

I am also a blade of rice   harbouring the fragrance

I am also a lotus flower   keeping white alone

No one is a lonely island

My Liangzhu Isle, in the sea water

once again bursts into flower, in River South

where the red carp are swimming near the shallow bottom

and boats come and go

an earth that rotates day and night

is belief that never falls

In the five thousand years, in the future five thousand years

when we meet again in kindness

we shall see the boundless sky

written with the hieroglyphics in the shape of flying dragons and dancing

phoenixes

one after another

has grown wings

flapping over the blue time far flown and high flung

traversing the vast distances

扫一扫
聆听良渚的诗
朗读者:
Ouyang Yu

玄鸟

作者｜董绍林

河网的连绵与泥土的堆积
城市之基非地之辽阔
而在水的丰沛和粮的产出
良渚生根家族迁移
以土木石把城市构筑

玄鸟飞旋
它得于天空神的隐示
沟通气候四季节气
连接雾霭雨水霜雪
遭遇闪电雷鸣地震

玄鸟飞旋
它带走地上人的祈祷
背负春的消息秋的收获
报告子孙繁衍
标注生离死别的壮阔

这个小小的精灵
成为人和神的天使
再被刻进了玉琮玉璧
又藏进了无数的密码
等待五千年的破译

作者简介：

董绍林，诗人，先后就职于浙江省外经贸厅、浙江中大集团、招商银行杭州分行，主要从事企业投资管理工作。

The Black Bird

O Written by Dong Shaolin
O Translated by Ouyang Yu

扫一扫
聆听良渚的诗
朗读者：
Ouyang Yu

The well-connected network of rivers and the accumulated soil

a foundation of the city, not the vastness of the land

but that lies in the abundance of water and the production of food

when Liangzhu took roots and families migrated

they constructed the city with wood and stone

When the black bird is gyrating in its flight

having gained a hidden message from the deities in the sky

it connects the climate with all four seasons

with the fog, the rain, the frost and the snow

while encountering the lightning, the thunder and the earthquake

When the black bird is gyrating in its flight

it carries away the prayers of the people on the land

with the news of spring and the harvest of autumn on its back

reporting on the propagation of children

and marking the magnificence of life and death

This little spirit

has become an angel for people and deities alike

carved into the jade cong and jade bi

and hidden in the countless codes

waiting for the interpretation of another five thousand years

听说你在良渚（组诗）

作者 | 诺布朗杰

扫一扫
聆听良渚的诗
朗读者：温燕武

良渚读玉

历史也高不过，一片汪洋填起来的莫角山
良渚王何在？
为何偏要把骨头，混淆在骨头之中
把灵魂，混淆在灵魂之中
你看诸神，他们依然在高处，沉默
并将自己的行踪
流露于一块块完好无损的玉琮上
考古者们夜以继日地劳作。他们是活着的
博物馆
他们让历史开口，让历史说话
良渚读玉。读那些活着的人
也读时间的废墟里。历史的
惊鸿一瞥

听说你在良渚

听说你在良渚。溥天之下，莫非王土
请不要把我的爱误读

听说你在良渚。或在钱塘，或在太湖
哪一条是你回家的路

听说你在良渚。教你织布，给你稻谷
让我们尝够人间疾苦

听说你在良渚。赏你玉珠，赐你玉斧
历史约等于你的高度

作者简介：
诺布朗杰，藏族诗人、作家、词作人。荣获第五、第六届甘肃黄河文学奖，
出版诗集《蓝经幡》。

I Heard that You are in Liangzhu (Sequence)

O Written by Norbu Namgyal
O Translated by Ouyang Yu

扫一扫
聆听良渚的诗
朗读者：
Ouyang Yu

Reading a Jade

Even history is no higher than the Mojiaoshan Mountain

But where is the king of Liangzhu?

Why did they mix the bone with the bones

and why did they mix the soul with souls?

Look at all the gods who stay on high, and silent

revealing their travel-traces

only on pieces of intact jade cong

while archeologists are working away, day and night. They are a living

museum

for they let history open its mouth, they let history speak

Reading jade in Liangzhu. Reading the living people.

Also reading the astonishing glance of history

in the ruins of time.

I Heard that You are in Liangzhu

I heard that you are in Liangzhu. Isn't the land under heaven all king's?
Please do not misread my love

I heard that you are in Liangzhu. Or in Qiantang. Or in Taihu
Which one is your road home

I heard that you are in Liangzhu. Teaching you how to weave a cloth and
giving you rice
To let us have enough taste of the bitterness in the world

I heard that you are in Liangzhu. Blessing you with jade pearls and jade axes
History is appropriately your height

在洮河上游想起良渚

作者｜ 刚杰·索木东

扫一扫
聆听良渚的诗
朗读者：晁海燕

洮河岸边诞生的马家窑文化，还有更高处诞生的青藏文化，和江南的良渚文化乃至世界各地这一时期诞生的文化一样，都昭示着一段文明的源起。

——题记

有人在等洮河解冻，有人在等钱塘潮起
走出窝棚，抟土成器，绘上波纹
经火，就能盛下五千年的往事
抟风而起的那只玉鸟，在南国的天空下
略显笨拙，它又带着一个什么样的祝福呢？
在洮河上游，在青藏末端
想起良渚，想起苏杭，想起江南
一串神秘的符号，正勾连起
宇宙间最大的秘密

终究无法明白，那双圆睁的眼睛
被刻上玉器，是否就是

善战的蚩尤，和他的八十一个兄弟
永远无法合上的双眸？
多年以后，在雪域大地
抬头就能看见，金刚怒目

关于龙的传说，才是这片国土
永远无法更改的信仰和热爱
那枚精致的玉环，尚能再现人间
伟岸的王者，却早已化为尘埃
突然想起，在遥远的青藏
古老的语言里，龙，就被称之为"周"
据说，就是一个王朝的最初缘起

学会对一尾鱼的塑造，需要多久？
学着在器皿上绘下第一枚符号，需要多久？
听懂钱塘之潮和着月晕的节拍，又需要多久？
我宁愿相信，这些天地间的精灵
散落母性大地的各个角落，突然
就听到了，最能通神的那声召唤

作者简介：

刚杰·索木东，藏族，又名来鑫华，甘南州卓尼县人。中国作家协会会员。
著有诗集《故乡是甘南》。现供职于西北师范大学。

Thinking of Liangzhu
Upstream of the Taohe River

○ Written by Gangjie Suomudong
○ Translated by Ouyang Yu

扫一扫
聆听良渚的诗
朗读者：
Ouyang Yu

Poet's note:

Born on the Taohe River, Majiayao Culture, and Qinghai-Tibetan Culture, born on even higher ground, both heralded the sources of civilisation, like Liangzhu Culture in River South and other cultures of the world, born in the same period of time.

Some are waiting for the Taohe River to thaw and some, for the tide to come in Qiantang

to walk out of the tents, to turn earth into ware, painted with waves

once gone through the fire, it can contain things of five thousand years

the jade bird, moulded out of wind, looks clumsy

under the sky of the southern state but what wish has it brought?

Upstream of the Taohe River and at the end of Qinghai-Tibet

I thought of Liangzhu, of Suzhou and Hangzhou, and of River South

as a series of mysterious signs is getting connected with

the biggest secrets of the universe

In the end, one still doesn't know if the wide-opened eyes

carved on the jade ware, are not those

that are never able to close again

of Jiuli, skilful in warfare, and his eighty-one brothers?

Many years after, on the land of snow

one raises one's head to see the angry eyes of Hercules holding a Dorje

The legend about the dragons is the unalterable belief

and passion of this land

the exquisite jade ring has long turned into dust

even though it can show the great king of the world

a sudden thought came to me that, in faraway Qinghai-Tibet

in their ancient language, the dragon was known as 'Zhou'

for legend has it that it is the beginning of a dynasty

But how long does it take to shape a tail of fish?

How long does it take to draw the first sign on the ware?

And how long does it take to understand the tide of Qiantang and the

rhythms of the lunar halo?

I'd rather prefer to believe that these spirits between heaven and earth

scattered as they are to all corners of the mother earth suddenly

hear the call, most connected to the gods

寻找良渚

作者 | 王葆青

扫一扫
聆听良渚的诗
朗读者：刘超

一扇大门开启又合上
不是没有缘由的，
幸亏有一绺光缝在斜对襟上
一个千年才不至于断裂。

彰显尊严的是玉石，那古老的美学，
用成型的玉琮、玉璧、权杖和礼器
勾勒，于是仪范和奢华，图腾和力
交变，埋下坐标原点，旋即纲目张开，
一股泉源将通道打开。

您看这王城和身后的墓道，那些堤坝和引水渠，
还有那些和玉石一起沉埋的瓦瓮，线轮，
它们旋转的轴线和时间的仪轨是吻合的，
否则就不会受到召唤。

不久陶罐中稻米熟了，"开饭啰""开饭啰"，
这声音空旷里回荡，几个千年都没回应，
主人不见了！包括那个染匠，莫非
是去找矿、提炼，或者怀揣草图在莫干山口
徘徊，他们为找不到铜器而愧疚、隐遁？

又抑或是被大海和山洪夺去了根基，
仓促中迫不得已而迁徙？

这部悬疑一直持续着，也许奥秘已然摊开，
当最初的旷野敞开胸膛迎接不一样的风
用盈满在每个局部和细节对话时，
一部奇妙的回声必将汇成乐章，
也许答案在丝绸之路莫高窟的旗幡上，
也许隐在纷沓的脚步和滚滚洪流中，
正好，一场庆典已经揭开面纱，
等待一次荡人心魄的回溯。

作者简介：

王葆青，诗人、杭州某大型国企研究所所长、高级工程师、萧山区作家协会
会员。

In Search of Liangzhu

○ Written by Wang Baoqing
○ Translated by Ouyang Yu

A gate is closed after it opens

not for no reason at all,

but, fortunately, because a lock of light is sewn on the front opening

a thousand years remains unbroken.

What highlights dignity is the jade stone, the ancient aesthetics,

delineated with the formed jade cong, jade bi, sceptres and

sacrificial vessels, so that manners and luxury, totems and power

alternate, burying the origin of the coordinates before they open up the

outlines,

when a spring source opens up the channel.

Look at this royal city with the tomb passages behind it, the embankments

and the approach channels,

and the urns and reels, buried along with the jade stones,

the axis they spun around matching the tracks of time,

or else they wouldn't have been called.

Shortly after, the rice was cooked in the clay pot. "Time for lunch", "Time

for lunch"

the calling echoing in the open, but no answers for thousands of years,

the master gone! Including the dyer or perhaps

he's gone in search of a mine to refine or pacing before the mouth

of Mogan Mountain, carrying a draft plan, guilty about not having found

copperware?

Or perhaps the sea and the mountain flood had taken off the foundation

so that they had to migrate in a hurry?

The suspension is continuing or perhaps the secret is already open

when the primary wilderness opens its chest to welcome a different wind

and enters into a dialogue with details in every part with fullness

a wonderful echo will inevitably merge into a musical movement,

or perhaps the answer is on the banners of Mogao Caves on the silk road

or perhaps hidden in the flood of a thick throng of footsteps,

it so happens that a ceremony has now lifted its veil

waiting for an exciting recall.

良渚之子

作者｜张明辉

扫一扫
聆听良渚的诗
朗读者：翟亮

这该是最好的结局
良渚烟波里的一块璞玉
我该如何来雕琢你
为你刻下时光的纹理
天降美丽洲，犹如神谕
男人的精气是玉做的
水是肌肤，是女子的柔情

玉琮，通灵者的法器
玉钺，王之权杖
身负翎羽的王肩负着使命
在国中之国，号令族中勇士
种稻、围猎、筑城、修水利

王是统帅、集权者
拥有至高的神力和权力
拥有女人、子嗣和族人
王的权力不容冒犯
天之骄子猎杀一切入侵者

王是玉琮、玉钺上刻着的

神人兽面纹上那个头戴羽冠的人
圆眼獠牙的猛兽是他的奴仆
被驯服者、坐骑
王坐在国中之国，王城宫殿的
座椅之上，他的威仪来自权杖

他的子民在稻田耕耘，在作坊劳作
在独木舟上划着桨，运载粮食和蔬菜
朝着日出的方向，王的目光
坚定、满足，无所畏惧
王的能量在紧缩，最终
成了图腾，一个小小的符号

作者简介：

张明辉，诗人、浙江省作家协会会员、温岭市作家协会主席。

Children of Liangzhu

○ Written by Zhang Minghui
○ Translated by Ouyang Yu

扫一扫
聆听良渚的诗
朗读者：
Ouyang Yu

This ought to be the best end

with a piece of unpolished jade in the waves of Liangzhu

how can I carve you

with traces of time

it's like the sky has fallen in Meili Zhou, like an oracle

while the essence of a man is made of jade

water is flesh, is the softness of a woman

Jade cong, a shaman's instrument

jade axe, a king's sceptre

the king, with plumes, shouldering the mission

in the state of states, is ordering the clan warriors

to plant the rice, to hunt, to build the city and to engage in water conservancy

The king is the supreme leader, a centraliser

with the highest power, sacred and otherwise

possessing women, children and clansmen

an inviolable power

the proud son of heaven who kills all invaders

The king is the one crowned with plumes on the animal face

of the sacred man, carved in jade cong and jade axe

the fierce animals, round-eyed and buck-toothed, are his servants

the tamed ones, the beasts of burden

The king is seated in the seat of the royal palace

in the state of states, his magnificence issuing from his sceptre

His people are farming the rice fields, working in the workshops

rowing on the canoes, transporting grains and vegetables

in the direction of the sunrise, and the king's eyes

are firm, satisfied, fearless

the king's energy is tightening till, in the end

it becomes a totem, a tiny, tiny sign

古城遗址公园

东明山

古城遗址公园

古城遗址公园

二

✳

灵魂之光

灵魂之光使人成为人，文字成为诗。

与草木交谈

作者｜北鱼

扫一扫
聆听良渚的诗
朗读者：何君芳

步行至诗外。途中
误入余晖下草木的交谈

夏蝉被拒绝。呼吸
才是这场聚会的通用语言

绿柳轻举手，微风
扶着她，站到水中间

她低首回忆，独木舟
逆流而上的迎亲记

她倾身来问，诗中
娶了哪一世少女

我藏在良渚路牌后窃听
光的主持人揪出了我的长影

折叠而老旧的问题，不宜硬拆
我唯有，向曾经辜负的山水致歉

作者简介：

北鱼，诗人。诗歌散见于《扬州诗歌》《诗林》等杂志。曾出版诗集《浅湾》。

神游良渚古城

作者丨董培伦

扫一扫
聆听良渚的诗
朗读者：严瑛

良渚古城遗址申遗成功的喜讯
如春雷震响响彻大地，海洋，天空
中华民族具有 5000 年的文明史啊
良渚古城遗址就是千真万确的铁证

我满怀近水楼台先得月的愉悦
从西子湖畔直奔良渚现代新城
首先登上莫角山皇宫宫殿遗址
居高临下我的思绪如野马驰骋

穿越悠悠 5000 年的时光隧道
我仿佛看见良渚王忙碌的身影
他时而带领他的子民搬石造屋
他时而乘坐独木舟在水网上穿行

我眼前突然浮现内城外城的民宅
大街小巷交织着温馨繁荣
我仿佛看见同室而居的男女老少
他们和睦相处，其乐融融

我的耳边传来一条街的纵情合唱

那是能工巧匠们正在愉快地劳动

他们挥动石刀石斧正在打磨工艺产品

你看玉鸟玉鱼玉蝉都栩栩如生

前来交易的人流你来我往

以物换物的买卖回荡着笑声

一位少妇扬起手腕上的玉镯

显得那么美丽，那么年轻

呵，是谁的呐喊打断我的沉思

让我走出良渚古城的幻境

我快步走进前来参观的人群

共同分享 5000 年前的中华文明

作者简介：

董培伦，著名爱情诗人、中国作家协会会员、中国诗歌学会理事，湖畔诗社
负责人。

在良渚，听取水声一片（组诗）

作者｜陈于晓

扫一扫
聆听良渚的诗
朗读者：洪文

在五千年的光影中，提炼一枚玉

玉琮、玉璧、玉璜……提及良渚
仿佛五千年的光与影，就在一枚枚
玉器的光阴中，粼粼着

行走良渚，深深浅浅的玉
在叮当作响，但这只是我的错觉
其实各式的玉，皆安静无声
雕也无声，琢也无声，磨依旧无声

倘若用一丛篝火点燃良渚的时空
这玉，便是在熊熊火焰中跳跃着的一则隐喻
劳动、生活、爱情……
以及由劳动、生活和爱情构建的良渚古国
在星空璀璨。不同的人们陈列着不同的玉
即便是同一枚玉，在每个人的心上
也泛滥着不同的色泽

但每一枚玉，都蕴藏着与人体相应的温度
抑或湿度，都浸润着生生不息的风雨

以及烟火。辽阔的太湖湿地之上
那一轮水灵灵的月亮，明显像个虚幻

还有比良渚更久远的乡愁么
从五千年的光与影中，提炼出的一枚玉
不就是那一轮沧桑的良渚月么
此刻，每一位行走在良渚的人
都把月光，洒了一路，哐当哐当

借一羽白鹭守护一片稻田

从眼睛里取出一阵清风
一弯小溪，一条田埂，一片稻田
但一羽白鹭，并非来自我的眼睛

一羽白鹭来自良渚先民的稻田
此刻，白鹭翩翩，在茅屋边淡出
这茅屋，应该不是旧年的
但贮存着的月光，是旧年的
从前的良渚人家，用不用稻米和月光
酿制醇香的米酒，我已不得而知

良渚一地，多水，潮湿，宜稻
宜沉淀下久远的"稻作文明"

出土的城墙，已风化为泥土的一部分
但依然叫作城墙。我是否可以

借一对白鹭的翅膀，翻墙而入
隐身在良渚封底的水田里
向蹲在季节深处的一只青蛙
打探几时稻花开，几时原野金灿灿

或答以蛙声，或答以虫声
或答以田间拖泥带水的脚步声

很多年以后，我打良渚走过
忽然明白，一年又一年良渚的烟火
从来没有走出过稻香的广袤

在良渚，听取水声一片

偌大的太湖流域，不过是一面
明晃晃的镜子，水，水的灌溉
青山、溪涧、湖泊、小桥、人家
一些安静在镜子之中
另一些则游牧在镜子之外

从镜子中打捞出一座湿漉漉的
良渚古城，他说，良渚文明
是湿地的碧水养活的，城门、城墙、
河道、作坊、雉山、莫角山、反山……
都以水作为魂魄，水的声响，经久不息

星空浩瀚几千年，斗转星移之后

又各就各位，所有在良渚大地之上
走动着的往事，都是带着水滴的
渔猎耕樵的身影，都被雨雪和风霜
覆盖了一年又一年，一千年又一千年

玉是水色的一种，稻是水的表情抑或张扬
陶是与火相融之后的一种凝固的水
古城的灌溉是穿梭着的水声
它们时而关上，时而又被打开
每一件老农具中，都有各样的水声在响动
有的潺潺淙淙，有的哗啦哗啦

只有雨落时，打在茅草屋顶的声音
与打在瓦片之上，与打在水泥之上
略有不同，但它们一样地
被嘀嗒嘀嗒的时间丢失在时间之外

作者简介：

陈于晓，诗人、中国散文学会会员、中国诗歌学会会员、浙江省作家协会会员。

良渚：一座古城的迷宫美学或珠玉年华

作者｜陆承

扫一扫
聆听良渚的诗
朗读者：段铁

一

譬喻闪耀，赋言浩然，一座陷入时空隧道的
殿堂，指证了万盏灯火，
或一面儒雅的匾额，其上刻度良渚，
或吴越之地的尊贵、气度和幽然。

我抵达，瓶窑镇的恍惚，抑或那残损的经卷上，
未曾消散的回忆。一座古城，经受了怎样的锻造和坼裂，
管窥了何等的战事或耕作，映照了磅礴和宁雅，
以及神意覆照的刹那，璀璨编纂图志，酒樽沁入指尖。

一盏无名之灯，怦然闪耀，
环绕了那几近沉睡的城池，在游侠或铁链的
比拟中，探寻那模糊的体制，以及微服的王者，
于一座古城的回环里，葆藏了温润，
或擦拭之后的玉玺，指向了远方，也指向了一条隐匿的河。

二

山脉风水，隐喻检索，玉琮撰述了
一场神秘的宫廷政变。陨灭的决绝，
惊艳了一座古城的臂膀，或东西南北的城墙，
我遁入，站于其上，观澜丰沛或古奥的生涯，
柴米油盐的物质输出，或春秋变幻的语言修辞，
在这里得到全新的展示和热爱。

一座古城，以中华美玉的编纂，延展了
一条街，或一座岛，在甲骨文的前世，
刻度了深邃或澎湃的音符，以久远而优雅的格局
回馈于一枚精美的玉璧上，那隐匿而开阔的秘诀。

我知道，一座古城的遗址，饱含了
忧伤、思想、珍宝或虚无；我品鉴，一座古城的
悲悯，越过了月光和风暴，
在290多万平方米的舞台上演绎飞天或辉煌。

三

城河环绕，烟火蓬勃，天目山锻造了
一把剑，或一座水坝，
于历史的间隙，氤氲了一座古城的轮廓和典藏。

我查阅隐约的史册，抑或那浩然于命运的

局限，于臻美的修葺中
聆听水流的声音，在一方高耸的台阁上
观望或演进一场层叠而蕴藉了鬼神的仪式。

在良渚，我仿佛看到现代意义的古堡，
看到希腊神话，或《封神榜》的源头，
在克制或庞大的意念中，珍视一份幽雅或历练，
于纷乱中整饬了高亢或温婉，
于稻谷的润泽里，葆藏了一个城池的悠远和富饶。

在这座古城，星辰对应了山峰，
风向寓意了波涛，沉静的砖块，
以不可比拟的形态，肇始了一次艰难而诗意的行旅。

四

图腾闪耀了神人兽面纹的雕饰，
祭坛上，刻度升腾，肃穆的列阵里，
谁缔造了坟冢，谁拆解了一面无可比拟的铜镜。

我拓印镜面陶以及同类项的细腻和深远，
于一座古城的恬淡中
馈赠了一条完备而圣意的缎带，
她牵引了生，也诠释了死，
于一道道浩然而缜密的路径上推进呈现和雕饰。

我目睹了一个尊者的逝去，抑或庸常的
消散，像一片树叶，在千年后
还是最初的模样，以原生的形态，
介入了黄土或碑铭，以逐渐扩大又缩小的范畴，
在瓦砾和石器的交织中，氤氲了多少芳华，
抑或那缔造了另一种殿堂的布局，
冥界宽广，亡者的冠冕，依然置于大地的高处。

五

良渚片牍，杭城之辞，轮转了一处古迹的
恍然，于宏大的视域内
珍视一封信札，或儒雅的修为。

我知了，一座古城的迷离，源于虚无，
却在夯实的史料中引领了更多的城池和刀剑，
在遗落的华彩中整饬文明的曙光，
或一道道门庭上那未曾丧失的尊贵，
以文字、器皿、灰烬的方式酝酿
《史记》里未曾闪耀的光亮和璀璨。

我走上前去，试着以哈姆雷特的口吻，
表述，一座古城的哗变或惊叹，
抑或那衡越了时间的雅致，在泥土的蕴藉里，
截取了恍若和炙烤，于风雅的
羽翼上，继续添加飞翔的意义，

并沿用旧式的格调和风范，

令一座古城的质朴，通达了梦幻和静美。

作者简介：

陆承，诗人，诗文见诸《散文诗》《黄河文学》《甘肃日报》《星星》《人民文学》《扬子江》《诗刊》等报刊。

良渚诗篇

作者｜卢艳艳

扫一扫
聆听良渚的诗
朗读者：
翟亮
张晓燕

一

黑皮陶器等着灌装新酒
对饮的人，需一日千年，策马扬鞭
方可来到桌前
石犁不锋利
开垦的稻田刚播下种子
水井已经打好
那就坐下来慢慢等，酿一坛好酒
需要耐心

二

流连在一只玉镯前
想象一个玉人，倚门而望
举手投足间，桃花已落流水上
飘啊飘
神人兽面纹饰，像神秘的盟约和暗语
藏在泥土中
我是我的先民，穿越五千年
找回了自己

三

岁月的手指，撕碎了多少美梦
那就复制一个夜晚吧
在月色下
依然是先缫后织
没穿过薄如蝉翼的丝绸
怎么能体会，生命的作茧自缚
和破茧成蝶

四

沿着古城墙徘徊，一块石头
是另一块石头的遗址
在反复堆叠的往事中停留
一层黄土，是另一层黄土的温床
孵化出同一个人间
皮囊可以替换，但灵魂有源头，有根
在钱塘江两岸
万物都是我的亲人

五

脚下的土地，现在被命名为
良渚，瓶窑，安溪……
你我都是栖息其上的一片羽毛
一粒尘埃——

来自遥远的羽民国，还是蚩尤部落

打开玉琮屋顶的

博物馆大门，发现

你我都是"收藏珍宝的盒子"里

有血有肉的珍宝

注：良渚博物院由英国著名建筑设计师戴维·奇普菲尔德设计，以"一把玉锥散落地面"为设计理念，由不完全平行的四个长条形建筑组成，被称为"收藏珍宝的盒子"。

作者简介：

卢艳艳，笔名人海晚风，诗人，著有诗集《飞花集》。

陶片

作者 | 吴小平

扫一扫
聆听良渚的诗
朗读者：茹婧婷

良渚端坐在陶瓷上，
从裂纹中溢出的春秋，
远征至繁星的高度。

春天随之复活，
东苕溪向东流去。
相送与辞别，
在古人的拱手中星罗棋布。

路，被水围住千年。

文明的对弈，
一草一木都是布局。
他把泥土垒成城墙，
她把后来纺成丝绸。
再打磨一些光滑的石器，
锋利应该向内，
在心中对敌，
时间的缓坡便于自由出入。

船最后一片风干的鱼鳞，

被卷入历史的风暴而激动如大海，

我们认出陨星的金色。

作者简介：

吴小平，诗人、教师、文学爱好者。

在良渚，捡起一枚蝉蜕

作者 | 谢健健

扫一扫
聆听良渚的诗
朗读者：金鸣

入伏天，树梢有盛大的蝉鸣
我路过良渚，在泥土中拾到
一枚枯竭的蝉蜕：
夏蝉寄居过这副肉体
但终于天燥热，它们鼓动翅膀
飞向更高处

我站在良渚外
一个消失了的文明前
愈看它愈像一枚巨大的蝉蜕
当年的先人们从未远去
蝉鸣是他们飞升的暗示
他们都飞得不高，停在枝头
注视着这具褪下的躯壳，
还有惊叹这具躯壳的我们

作者简介：

谢健健，90后，绍兴文理学院学生。有诗歌发表于各刊物。

良渚，玉汝于成（组诗）

作者｜ 千岛（吴祥丰）

扫一扫
聆听良渚的诗
朗读者：徐苡

良渚的幸福

大遮山厚重的脊背上
鹿在奔跑，兽群
在兽面神人的座下
领取旨意——
"请山下的勇士接走你们
取走血和肉
并将你们的骨殖，整理成丰碑
竖起永恒"

我想把自己提前，沐浴神的
光辉，随勇士出城
在林间拉满弓，追逐生活

或者，用竹筏运回玉石
将神从石头中请出，向他祷告
——认真狩猎，呵护妻女、庄稼
并为王献上自己的忠诚
……
在我爱的这片土地上

这就是我想要的幸福
"良渚的幸福"

琢玉的祖先

神人兽面纹、束丝纹、绞丝纹……
看到玉器上的纹路
会联想到水的线条
会在苕溪的堤坝上，低下头
看看水中的影子

他们有类似的好奇么
在美丽洲最美的时候
在引水灌溉的时候
在撑船回城的时候
……
在水边，他们是否会和爱的人一起
在水边照镜子，戴野花
一起打磨玉石，并
将细细的水纹，刻在信物之上
让它们连同彼此的影子
一起流到五千多年后的下游

玉器

玉琮、玉璧、玉钺……
玉上的"良渚之眼"
目光洁白，余光穿过五千多年
在水上，被托举着
玉，点亮圣地的火炬

在它的光辉下
美丽洲超越美丽
融在一只玉琮的纹路里
"良渚之眼"能看见比历史更远的历史
能看见比山更高的山

山下，木舟融进芦苇
载满鸟鸣、粮食，历时五千余年
从我的方言里驶出

我又一次被它们打磨
内心规整，温润如玉

博物院

在灰白的建筑下，仰望天空
我的影子灰白，天地之间
穿越是多么简单的事情

穿过那扇门，时间浓缩

只需一个小时，或两个小时

五千多年，五千多年呀

就压缩在一只只陶罐

一片片石器、玉器中

这是谁打造的形与色呢

那地底成熟的器皿、船、谷物

甚至森然的骨头

都让我肃然起敬，让我想起

血的源头，多彩的往事

它们用透视的双眼，注视着我

让我虔诚，骄傲

让我觉得灰白是矫情的，甚至

孤独也是多余的

良渚新城

踏上良渚的土地

和祖先叠加，感受到时间

是一层层厚重的夯土

托举着小我

五千多年，反山、莫角山、雉山……

数次易名。它们起伏的躯体

延续故事、传说

延续至高高的城楼

供我眺望，瞻仰

远去的城郭，也许被洪水围猎

卸下夯土，隐退至良渚的底下

连同古墓里的遗骸

成为土地的营养，内核

那祖先的骨头，重回土地的土中

唯有玉，像崭新的云

白色的，重见天日

带来新的气象

多幸运啊，我越迟到

良渚反而越新

它掀开反山、莫角山、雉山的培土

打开远古的缝隙，文明的蛋壳

将传说中的实情送至这里

在这里，我的脚印叠加着祖先的脚印

踩出很多小路

通向比我更大的地方

作者简介：

千岛，诗人、媒体人，出版诗集《鱼说：水中玫瑰》等。

写给良渚的诗（外一首）

作者｜杨康

扫一扫
聆听良渚的诗
朗读者：张晓燕

写给良渚的诗

写给良渚的诗，都必须
在夜深人静的时候完成
只有借助古老的星光，我才能
读懂瓶窑镇里那残缺的碑文
我喜欢喧哗，并热衷于
人间弥散的烟火味，但是
我更喜欢在夜深人寂时分
选择，与众神共舞

浓重的夜色困住人类的思想
和灵魂。那些树啊草啊，大地
以及河流，都在渐次苏醒
在万物繁荣的良渚
越是接近星空，我就越是
感到内心澄澈。没有什么
能比在深夜与远古的人进行一次对话
更加让我热泪盈眶的了

一块良渚古玉的诗意自述

我躺在良渚，历经时间的历练
大浪淘沙。在严寒酷暑里一次次
毁灭，又一次次获得新生
岁月浮沉，我在沙砾中打坐
在一条河亘古的宿命里问道修行

习惯了辽阔和荒凉，也就不畏惧
所谓的繁华。我在良渚等你，等一双
与我有着相同温度的手把我捧起
等一颗匠心在我身体里塑造虔诚

当人类醒来，请靠近我，靠近
彼此的心脏。我用我终生的坚守
向你讲述更遥远的故事，讲述那些
地球上还未出现火种时的天
讲述文明之前的野蛮

被不断敲击和打磨，最终留下
心形的历史。佩戴一块玉
就是怀抱天地之精华，享受日月
之光辉，就是把一段人类文明
紧紧拴在生命的大树上

作者简介：

杨康，诗人、中国作家协会会员，在高校任职，著有诗集《我的申请书》。

良渚诗稿，或良渚文化的抒情与赞美（组诗）

作者｜ 周维强

良渚遗址走笔

走着走着，我的脚步随着心跳
一起放慢。在良渚王国，一切都是慢的
耕作是慢的，打磨玉器是慢的
娶妻生子，白头到老，也是慢的

就像翻阅良渚这本大书
4300 年了，书页古朴，书香浓郁
但翻阅的速度依旧很慢
我想和良渚那逝去的旧时光
在时空的阅读中重合
体味一种天荒地老的寂静
慢，让生命显露本真的善良与美

其实，我就是他们的子民
来到这里，穿上兽皮，戴上毡帽
就是一个即将去征战的战士
我想让时光再一次慢下来
和妻儿道别，和老母亲道别
蝴蝶飞舞，鸟鸣如铃

扫一扫
聆听良渚的诗
朗读者：
翟亮
张晓燕

花香里是一个存续千年的古国
背影后是穿过春天的人间

良渚玉语

这些穿越千年的玉，美得耀眼
让我体内坚硬的物质柔软起来
外圆内方，藏住智慧与暗语
也深藏着男人的理想和女人的羞涩

良渚的玉，都有银子的光
在闪耀。时间停留在玉器上，因为迷恋
而不愿意前行。也藏着我的欢喜
我能从玉璧与玉琮的光泽中，悟透
那消逝的水声，代表爱情、权力和祝福

凝望那些古朴的玉，你能够
看见一簇火苗，在玉的影子里
熄灭，你能够看见悲伤、欢喜、寂静
都是干净的样子

透明的玉，让一个王国一种文化
蔚蓝起来，在时间的长河
像大海一样荡漾。我喜欢听玉
静静地诉说，因为美
而将得到众神更直接的赞美

回到良渚王国

清风和我相拥，流云撒下清凉的祈祷
我打开良渚王国的天空
星星和月亮像盛开的花朵，在天际，吐露芬芳
似乎还听到了一两声犬吠
而猫头鹰的叫声，则要含蓄和沉闷
整个夜晚，我都能感受到酣眠带来的
幸福——一剂治愈喧嚣的药方

行走在良渚王国，我默念着祖辈的遗训
像咒语一样，默念着
怀抱着眼前的一切，那弯弯曲曲的流水
静如神灵的村寨，唯有仰望
才是亲近人世，唯一的方式

目送着太阳，从日出变成日落
在河边，我坐了一天，和花花草草
交谈了半日，我的心里
开始有了美丽的轮廓，是良渚的黄昏——
在朗诵，我最美的诗句
用妻子的呼唤，以及孩子们清水般的童音

良渚抒情

我是被鸟鸣串起的风铃声，吸引来的

还有一双玉手，抚摸着良渚国的河水，似在
弹奏古城时光中悠远的琴弦

房屋的木头里，木质的经文，已被风雨
阅读了一遍又一遍，人间的烟火
打量着流水里的神，沉淀慈悲和静谧

在良渚古城遗址，我愿意在此化成
一枚小小的邮票，将山水风景，老屋、稻田
印在票面上，复制良渚玉器的图案
盖上良渚王国黄昏的邮戳
寄给思念良渚的妻子

当她接到信笺，看见邮票的刹那
当她的目光和良渚王国的优美风光
再次相遇的一刻，她看见了我
内心的安宁，而我，感应到了她——
露珠一样剔透与晶莹的草木诗心

作者简介：

周维强，诗人、作家、浙江青年作家研修班学员，有诗歌及评论发表于《诗刊》
《星星》《诗歌月刊》等。

渴望

作者 | 海地

扫一扫
聆听良渚的诗
朗读者：周炜

那峰巅上的云朵
渴望山村那一缕云烟
黄昏，五千年前也是这样
良渚的先民祥和地农耕

那一片岁月的稻田
大地渴望的果实
五千年了，即使炭化了
也粒粒饱满，富有光泽

渴望啊，渴望
走进这宏伟的城堡
王的宫殿的深层，我们
走进五千年前的黄昏

作者简介：

海地，诗人、中国诗歌学会会员、浙江省作家协会会员、浙江省网络作家协
会会员，著有诗集《被击落的飞鸟》。

访良渚古城漫记

作者 | 章巧英

一

一塘荷，打开远古文明的芬芳

坡面上铺开狗尾巴草，一丛丛芦苇，芳洲水汀

原始意境。以开门见山的手法叙述

那个孤独的撑篙人

逆流，五千年的时光长河

稻谷飘香，白鹭低飞

栩栩如生的画面。仿佛远去的背影又折回来了

田野上有篝火、美酒、舞蹈

炙烤野兽的肉香，甚至应有吟诵声

远山、天空，辽阔如动词、形容词

明亮的写意，在描摹苍茫大地

踏上野草的田埂，秋色被叩响

虫鸣熄灭

飘飞的芦花有无数乡愁

二

五千年后，我们是古城门接待的一批游客

妙笔生花游走古城，告知天下

仿佛石头有了灵性

石器、陶器、玉器，营造一个梦境

它们在地底歌唱

耕田，挖地；行舟，筑墙

"玉不琢不成器。"那一尊尊人像，用石头、木棒

打磨虔诚的模样

日子在细节里形影单调

在夕阳落山前，用陶罐煮汤烧饭

烟火，才是人世最美的情景

器具奇特，"鬶"字生涩，玉器精美

我在钟家港迷失

一口井、一勺汤、一碗粥，粗茶淡饭。单薄的衣裳

点醒梦中的五彩斑斓

三

在先民的土地上行走

几点标注，不需要繁复的手笔

想象插上翅膀

在莫角山，我反复素描王的宫殿：

茅草屋顶，木质梁柱。古朴不失恢宏

此时大地上呈现一片空旷

阡陌相通，纵横交错

布满玄机和奥秘

"前不见古人"，悠悠天地

抽身离去的风，隐去前尘往事

我们还要奔赴未知的前途

作者简介：

章巧英，诗人、网络写手，从事中小学教育工作，散文作品见《钱江晚报》和地方报纸。

良渚之歌

作者 | 冯方云

扫一扫
聆听良渚的诗
朗读者：王晓冬

大地，似睡又似醒

飞鸟，飞来又飞去了

一切是那样的宁静

一个古老的故事一直在静静地诉说

终于，大地开始了倾听

终于，中华文明拉开了帷幕

良渚古城高踞在时代的高原之上

一束文明的火炬开始燃烧

石破天惊地穿越了五千年的时光隧道

这里，有稻作的丰裕

这里，有美玉的温润

琮、璧、钺俯视着夏、商、周

耕作、城郭、水利、礼仪初露峥嵘

禹域，开始了微笑

古埃及、古印度、古美索不达米亚文明

接纳了一个高贵的朋友

她叫中华

满天星斗闪烁着，星光璀璨

它们播撒开来

辉映着这个蓝色的星球
所有的人们告别了蛮荒

你听，良渚和殷墟展开了对话
甲骨文在空中舞蹈
青铜在黄土地上和美玉一起放歌
欢迎着那远方的朋友
一个声音从天而落
在五千年的文明之湖中荡起涟漪
大地，开始有了意义
今天的我们，明白了来自何方

我们采稻而食
我们怀玉而歌
我们循礼而行
一个古老的故事开始了新的述说
由曙光而黎明
由黎明而灿烂辉煌

一粒稻谷，一块砖石
一座古城，一个国家
这是一个令我们骄傲的名字
啊，良渚，良渚
你终于展开了美丽的身影
是你开创了五千年的文明
我将为你而歌
我为中华而歌

作者简介：

冯方云，中国金融作家协会会
员、中华诗词学会会员，供职
于中国银行江苏句容支行。

良渚遗址（组诗）

作者｜ 何少军

扫一扫
聆听良渚的诗
朗读者：老洪

玉的钥匙

我忽然爱上了这样一块玉
不是贪恋她的美色，我只想
用这一把钥匙打开一条隧道
五千年的隧道，新的坟茔压在
旧的骨殖之上，一路磷光闪耀

我得承认，我的身体发肤
都来自那些打磨石器和玉器的人
包括我的思想和智慧
我现在就用他们遗传给我的语言
从这一条流淌着诗歌和硝烟的
隧道，溯流而上一路寻访
走进原始的洞穴。我看见他们
披着兽皮或者树叶在忘情地舞蹈
并且再也不用四肢着地了
甚至不必担心露出尾巴

而我，必须在太阳升起之前
返回今天。驮着甲骨文

骑着一匹啃食五谷杂粮的马
踏着长城边的草，运河中的浪
我有一种自豪感和使命感
我用先人发明的印刷术
一路记录着，指南针是怎样
指向进化和文明的方向
火药是如何让愚昧和野蛮四散奔逃

我在五千年的时光隧道奔跑
路过乾隆年间，乾隆帝
在为一段浓缩了的历史命名
我现在隔着玻璃看到的这一块
外方内圆的玉，它的形状让我
想入非非。我想知道
这微型的天文望远镜，是不是
祖先预先安排好的？用它
来诠释神话或者创造神话

赶赴一场篝火晚会

良渚和瓶窑的名气很响亮
一块草地燃着的篝火，经过考证
它的火苗来自新石器时期
你在遗址上能够找到的
瓦、陶以及石头的碎片

每一片都泛着原始的黑色光泽
带着炎黄以及祖先的温度

今晚，我只用一个梦的时间
就赶上了一场盛会。在星光下
已经学会直立行走的部落
甩掉尾巴，抖落一身的毛
正在进化的舌苔和声带
发出疯狂野蛮的音符

头插雉尾的王，用玉盏
喝着血，装出微醉的样子
把一块玉挂在王后脖子上

所有的人跳得都很投入
谁也不关心女娲补天和精卫填海的
是不是同一种石头
但可以肯定，从玉手间遗落的那几枚
是她们故意邮递给我们的黑匣子
藏在钱塘江流域的黄土里面

我知道，遥远的地方也有篝火
一堆一堆的篝火慢慢熄灭了
——从尼罗河到幼发拉底河
我现在穿越了五千年来，其实
并不是想和先人共同舞蹈
我以龙的后裔的身份

感谢披着树叶的女人们

守护住了火种

感谢举着木棍和石头的男人们

捕获并且烧烤猎物。让黑眼睛

闪耀成中华文明的曙光

作者简介：

何少军，诗人、作家。

我从良渚来

作者｜ 沈志荣

扫一扫
聆听良渚的诗
朗读者：翟亮

发现那一两片黑陶已走过了 83 个春秋，
考古人翻动了尘封五千年的厚重与悠久；
四代心血的筚路蓝缕和 25 年艰辛的"申遗"，
捷报传来正是良渚金秋之夜，新月一钩。

眼前，绿色稻浪汹涌着拍打苍穹，
我行进在这太湖之滨夜幕中的田畴；
从发现古墓美玉到发掘宫殿水坝……
终使中华文明遗存光耀环球。

象征权力与信仰的"琮王"和"钺王"，
神秘的神人兽面纹和鸟纹镌刻玲珑剔透；
玉璧玉器数量多、品类丰、雕琢精，
呈现出中国史前玉器文化的峰岫。

设祭坛，筑水坝，城市显雏形，
赫然屹立于河网纵横的长江平原下游；
玉琮礼天地，稻米丰田园，
展示出史前稻作文化的最高成就。

王国奠邦基，外城内城人口稠，

我们绘写出史前史的"文字"似锦绣；

试问天下谁敢说华夏少文脉？

喜看乾坤神州尽风流。

良渚国家考古遗址公园全开放，

融入市民的现代生活任我游；

助力当代社会文化大发展，

让古城"复活"——保护发展凯歌奏！

作者简介：

沈志荣，中国民间文艺家协会会员、浙江省作家协会会员、浙江省音乐文学学会会员。

玉依然有声

作者｜徐杭生

扫一扫
聆听良渚的诗
朗读者：严瑛

循时光隧道，进入远古的良渚
看五千年的笔墨
一滴滴洇染，把良渚写进世界遗址簿里
世界因你增添精彩，朝代也重新排序
揭开秘幕，讶异的眼眸填满了沧桑
神秘的身世敲打着密码
有天籁在耳畔响起

玉琮、玉璧、玉钺和玉璜形器
你曾静静地深藏在良渚大地
伴岁月的更迭、时间的流逝
默默忍受了漫长痛苦的磨砺
在母亲的阵痛中破土而出
奏响震撼天地的韵律
你曾孤独地承受风剑霜刀，无悔地守望
朴素的生命
见证了几多春夏秋冬，浓缩了几多烟火风雨
走过多舛岁月的你，一层层把沧桑剥去

呼吸着历史的空气，感受玉的心脏跳动
眷恋与你共度的时光

思忖你的温柔，吟听你新生的序曲
睹今思古，凝视你质朴中永不褪色的记忆
碎玉，你用灵魂、智慧，用汗水、热泪
把时光变成固体，把华夏历史文化的精华凝聚

你的心脏牵动东方文明的脉搏
你在五千年文化的长河里荡涤
你把远古的艺术带到今天
如同黑色陶鼎、炭化稻米
闪烁着不老的釉光，光芒无比
玉依然有声，述说着古老的传奇

作者简介：

徐杭生，杭州白马湖诗社副社长、杭州市朗诵协会会员、黄亚洲工作室朗诵
家平台成员、"我们读诗"艺术团成员。

良渚古人

作者 | 王晓乐

扫一扫
聆听良渚的诗
朗读者：王晓乐

五千年
五千年哪
一次一次洪水
一代一代人
从上面匆匆而过

我和我的爱人
长眠于此
跟岁月一起褪去
骨渣也混入泥土
只留下
受沁的玉璜
受沁的玉钺

你们找到了城
喜悦跟我们完工时一样
你们找到了水坝
艰辛远没有我们修筑时那样
你们找到了玉器
好吧，拿去吧
原本以为这玉属于我们

才明白把玉拿在手里的你们
也并不真正拥有它们

就这样
就这样
时间还在走
我们在瑶山上看到的超新星爆发
你们可知是夜空中的哪座星云？

就这样
就这样
时间还在走
热热闹闹的场景终将散去
舞台上换个布景换批人

作者简介：

王晓乐，杭州市余杭区政协常委，杭州市余杭区知联会副会长。

良渚遐思

作者｜高洪波

扫一扫
聆听良渚的诗
朗读者：阿通伯

大雪的节气，无雪。

良渚上空的阳光明媚，

黄叶装饰余杭大地，

芦荻的白发摇曳岁月，

鱼鹰起落，竹筏漂泊，

于是，在良渚，

五千年前情景，瞬间再现：

良渚的城池，

良渚的王宫，

良渚的玉琮和玉钺，

吸引我的目光和脚步。

哦，良渚，

是怎样的号召和设计？

是如何的衔泥和垒土？

是谁选择这块山下的平原？

筑城，挖壕，修宫舍？

然后在瑶山和反山夕阳西下的地方，

安寝一生的征伐和劳苦？

用一方又一方，

五千年的古墓，

用精美绝伦的玉器，

向后人倾诉，倾诉良渚？

我知道在北方，遥远的北方，

一处叫红山的邻居，

向你致意，打招呼。

用大大小小的玉猪龙，

用粗粗细细的玉发箍，

用红山女神望穿岁月的眼睛，

实现南北遥相对视，

为万里锦绣江山评注。

那里是我的故乡，

如今踏上良渚，内心贮满感叹，

感慨和感悟！

五千年啊，历史的瞬间，

一百载呀，无比短促。

面对良渚我无语：

生命与死亡都不过是一个过程；

辉煌与湮灭，

任凭历史吞吐；

良渚王留下硕大的玉琮，

如大睁的眼睛———

向星空伫望，

又用锋利的玉钺切割属于他的时代。

一层又一层积土，

从周秦到汉唐宋元，

像一页页翻尽的史书，

任后人们破译，阅读。

哦良渚，良渚，

你不仅仅属于考古，

你向世界昭示：

一个古老的种族繁衍，消逝，崛起，

在中华大地上，留下，

一个又一个坚实的脚步！

五千年往事，此刻，

倒海翻江般汹涌着，

注到心头，谢谢你呀，

良渚，南方的良渚，

日月交替，时光倏忽，

你让一个北方的游子，

一脚踏进了遐思之湖……

作者简介：

高洪波，笔名向川。诗人、散文家，中国作家协会全国委员会委员、中国作
家协会副主席。

致八角亭
——去了一次就总想去的地方

作者 | 王晓乐

思念你时
你整个儿在我怀里
即使是没到过的角角落落

思念你时
我整个儿凌乱
心飞走了
向着那绿色的小池塘

我要装下你
用我无边无际的爱恋
纠缠着你的美
演奏双小提琴协奏曲

良渚颂

作者 | 屈金星

在钱塘江拥抱太平洋的地方
陆海交阵成天目山古震泽的沧桑
在玉琮和陶器邂逅的良渚
我采掘到了五千年前文明的光芒
良渚，我美丽的水中小岛啊
苍苍蒹葭掩映佳人在水一方
良渚，我沧桑的古城啊
大遮山巍巍比肩大雄山莽莽
城墙盘亘沃野
宏伟宫殿矗立在莫角山上
村落安栖岁月
防洪的水坝护佑着九段岗
是谁在大禹之前驯服洪水
是谁在吴哥窟之前奠定城邦
是谁在罗马之前设立祭坛
是谁在特洛伊城之前建造宫墙

我和殷墟一起谱写中华文明
我和印度一起吐薄东亚史前辉煌
我和金字塔一起镀亮文明古国

我和玛雅一起重构人类文明的曙光

我用石犁开垦稻田

用丰收的稻谷醉酿淋漓酣畅

我用腰织机编织绮梦

用骨针将兽皮丝麻缝成裙裳

我用陶鼎在田园里蒸煮悠悠的牧歌

用黑陶鬶来静泊在苕溪里的月亮

我用玉镯在美人地定情脉脉的新娘

用玉琮祈祷高悬在瑶山顶的上苍

踩着干栏，我询问乌龟山的黄昏

攀着石柱，我追寻凤凰山的朝阳

反山遗址的神人兽面像流露出莫名的神秘

官井头的砌水池里窖藏着乡愁的渴望

然而，洪魔肆虐

繁华重新被淹没成洪荒

薪尽火传　文明重新被历史续写华章

吴越争霸　勾践夫差的宝剑耀亮历史的脸庞

唐宋峥嵘　乐天东坡的诗笔潋滟大运河的波浪 ……

我五千年前古老的良渚啊

活字印刷遥相呼应着互联网

我承前启后的中国啊

生生不息着涅槃的凤凰

西溪芦雪因沧桑而白头

超山梅花因寒冷而弥香

蒙昧必须尘封

唯有文明不能遗忘

今天，金字塔已经成为死寂的沙漠

良渚却重新生发着滚滚稻浪

今天，庞贝已经成为尘封的废墟

良渚却重新激荡着云计算的涛响

今天，在良渚遗址地下我仍然打捞沉寂的残舱

今天，在良渚遗址之上我毅然升华飞翔的翅膀

阿里巴巴毗邻着良渚遗址博物馆

云计算正点燃新文明的曙光

逝去的传说羽化成现实的虹霓

星群正落满新荷绽放的历史池塘

文明开启洪荒　我从玉魄的坚毅中寻找国魂的昂扬

曙色唤醒苍茫　我用斑驳的剑骨锻造挺拔的脊梁

那就在我的陶罐和玉琮上刻满人类的光荣和梦想

那就用我的渔网和互联网追寻宇宙的哲思和方向

今天，世界上的文化遗址大多湮没或衰落。然而，良渚遗址却凤凰涅槃，生生不息。

今天，在这块先民以石犁、玉琮筚路蓝缕开启中华文明的土地上，云计算、大数据重新谱写新文明的传奇！

欢迎大家到杭州余杭良渚遗址寻根五千年中华文明

寻找光荣梦想，寻找文化自信！

作者简介：

屈金星，屈原后裔，中国诗歌春晚创始人、总策划、总导演，著名诗人、辞赋家、中华新辞赋运动发起人之一。

古城遺址公園

古城遗址公园

古城遗址公园—白鹭

三

＊

稻禾之光

在良渚，每个人都如同一株植物，汲取光芒，万物生长。

良渚——我的家乡

作者 | 郑洪广

扫一扫
聆听良渚的诗
朗读者：郑洪广

良渚——

你的文化飞越了大洋

你的历史

曾是我们民族最早的国家

你小得像精灵

却被展示在世界历史文化的长廊

走出杭州盖过杭州

走出浙江誉满中华

良渚——

你以母亲般的慈爱恩泽于你的人民

你不仅属于我们

也属于世界

我一生最美的记忆

当属你是我的家乡

你让太多的他乡羡慕

你有秀气葱茏的青山

山连山尽显山水灵秀

你有纵横交织的河流

河连河连同钱塘江

你有丰泽的土地

物产丰美

自古鱼米之乡

你的美，美上了千年

引得唐朝诗人杜甫也为你千里寻访

以致人民为你

建起了以你名字命名的庙宇与桥梁

留下的故事至今还在传唱

良渚——

你的大美

山水为证

你的古老

文化为证

你的现代

我们作证

你也属于未来

因为这里是织梦的地方并将续写梦想

良渚——

你用文化铸就地位与声望

你把文化快递到未来和远方

良渚——

你是一首最美的诗篇

我欣慰、我骄傲

因为你是我的家乡

作者简介：

郑洪广，杭州玉渚农业科技有限公司总经理、2016 年杭州市劳动模范。

玉见良渚

作者 | 陈任洁

扫一扫
聆听良渚的诗
朗读者：陈任洁

那些国宝神采飞扬，
它们说话，就像惊雷在我头顶炸响，
过去的日子不再彷徨，
盼望的新生从天而降。

五千载何其漫长，
一度让我对未来再不抱希望。
无边的黑夜令人恐慌，
谁知又会拥有寂静和群星与众鸟飞翔？

我身上的每一道光芒，
都是一段痛不欲生的雕刻时光。
曾经一双双大手抚摸过的玉石成为珍藏，
我坦然接受了金石之间的碰撞。

掌握我的那人被称为王，
祭祀不再神奇，四野不再荒凉。
我在良渚国权力的顶尖，人们治水筑城开始通航。
遇见我的人们，把我唤作“玉琮王”。

生命中的盛大与辉煌，

孕育了鸟翅下的稻田，变幻成滋生万物的阳光。
喂养我的饥饿，照射我的心房，
听任草长莺飞，听任思绪飞扬。

作者简介：

陈任洁，杭州市卖鱼桥小学六年级学生。

良渚，文明的曙光

作者｜ 碧涛

扫一扫
聆听良渚的诗
朗读者：碧涛

你从哪里来？
暗香盈袖的红颜佳人，以天圆地方的站姿
化腐朽为神奇，让冰清玉洁的肉体凝固
在这片你祭祀神灵护佑的土地上，破土而出
以礼天地四方

你的名字和玉有关和陶有关和石犁、丝麻纺织有关
你住在茅屋为秋风破歌的犁耕时代
麻裙飘飘，舟来舟往
把水来土掩人往高处走水往低处流的生存之道
一直穿越华夏文明的时空隧道，流传至今
为何你跨越千山万水，却在太湖流域停下了脚步
是因为北方的彪悍粗犷，让你心有余悸
还是因为戈壁的漫天的风沙，使你望而生畏
你曾经也是九黎族中强悍的羽人
梦想自己成为飞翔的鸟和腾空的兽
却不知南方的湖水清波，竟让自己择洲而居
于是，你只能把理想的图腾符号
永远镌刻在玉琮通灵的身上
完成你美好的夙愿

关关雎鸠是你吗？如果不是

你怎么会栖息在河畔之洲呢

你从《诗经》的国风、秦风、豳风和卫风中飞来

你从五千年前的虞朝文化里走来

你的名字和浙江省立西湖博物馆

和八十年前的施昕更有关

某天清晨，你突然苏醒过来

你从一座古老城墙的裂缝射出了一道光线

那是一道文明的曙光，让世界为之惊叹

那些玉器、漆器、丝绸、象牙器、陶器以及高超的木制建筑

都争先破土而出表达着自己贵族和平民的身份

一座占地万亩的古城遗址横空出世

是你，第一个把家升到了国的地位

让人类从野蛮走向了文明，走向了丰衣足食

你居住茅屋，却心系天下

你身佩玉器，却渴望图腾

你安居乐业，却惨遭劫难

你崇拜神灵，却全城殉葬

你是一段尘封的历史，你把新石器时代和史前文化

重新推到了世界的面前

你就是——良渚

一片江南水乡红花金谷的绿洲

一座沉睡了五千年的神秘古城

今天，良渚古城遗址申报的脚步

已经踏响在联合国的大厅

一段鲜为人知的历史开始拨土见日
在江南这片神奇的大地上熠熠生辉
良渚文化，一道文明绚烂的曙光
带来了人类文字最早的形意
带来了古老文脉悠久的传承
良渚，让这些民族的根和魂
一起来见证中华文明的起源
见证我们中华民族的伟大复兴。

作者简介：

碧涛，中国诗歌春晚签约朗诵家，全民悦读杭州余杭阅读会主席、浙江省
朗诵协会会员、余杭区委宣传部特聘"全民阅读推广人"。

我睁大了眼

作者｜ 清遥

扫一扫
聆听良渚的诗
朗读者： 碧涛

良渚王啊！
你可知我现下身处何方？
肯定猜不到
公元 2019 年
他们叫我神人兽面纹，也叫我神徽
我的容貌，走进了大街小巷
他们盯着我
我也盯着他们
惊喜，困惑，又神往

千年前
随着最后一抔土，将墓室封藏
我们的年月便成了过往
引你飞升天国
尔后
我便睁大着眼
在远方的嬉闹中，入睡
梦里
回念昔日的荣光

再见天日

麻姑已数叹沧桑

水乡泽国变狼烟战场

我不忍听，不忍看

却一直睁大了眼

我知道

他们跟你不一样，却又一样

一样的，智慧，坚强，有力量

那屈辱的，终将过去

似一朵浪花之于长江

弹指间，又见辉煌

我想大声告诉他们

请叫我，大眼萌仔

谁还不懂点儿时尚？

毕竟

五千多岁的我

还年轻得紧呢！

我睁大了眼

一如过去的无数个日夜

静静地，凝望

作者简介：

清遥，本名张燕，现就职于杭州高烯科技有限公司。

良渚古城颂

作者 | 苏新

如歌一样的风啊
轻轻吹向良渚古城遗址
我们从宏伟的古城墙基中
惊叹远古建造城市的睿智
我们从一望无际的田野中
感受先民开荒造田的气势
我们从弯曲细长的小河中
看到良渚运送玉石的艰辛

良渚，美丽的绿洲
先进的农耕经济
在你这里开启
灿烂的玉器文化
在你这里闪耀
五千年文明之火
在你这里点燃

良渚，神奇的绿洲
远古湮灭的城墙
没有阻隔我们的眷恋
千年的风霜雨雪
没有冲淡我们的敬意
无数的刀光剑影

没有砍断中华的文脉

良渚，伟大的绿洲

勤劳和智慧是你的行为法宝

勇敢和进取是你的思想武器

你是中华民族的骄傲

你是五千年文明的标志

你璀璨文明的光芒

照耀中华民族奋勇向前

作者简介：

苏新，本名陈忠良，浙江工业大学副教授，退休后任良渚文化村白鹭诗社社长。

瑶山祭坛

小莫角山

四

✳

圣地之光

借问个中谁是主，扶桑涌出一轮红

送祖住山偈

作者 | 明 · 宝藏普持

扫一扫
聆听良渚的诗
朗读者：刘超

见得分明不是禅，竿头进步绝思言。
发扬祖道吾宗旨，更入山中二十年。

选自《东明寺志》卷中。此为宝藏普持禅师送其弟子慧旵禅师诗偈。

作者简介：

宝藏普持（生卒年月不详），字宝藏。住苏州圣恩寺，门下龙象辈出，人称圣持祖。东明慧旵为其弟子。

偈（二首）

作者丨 明·海舟普慈

扫一扫
聆听良渚的诗
朗读者：
平安是福

源头只在喝中存，三要三玄四主宾。
五棒当人言下会，四料还须句里明。

末后真机死活句，个中消息在师承。
碎形粉骨酬师德，将此身心报佛恩。

作者简介：

海舟普慈（1355—1450），据嗣住山远孙通际《东明第二代海舟慈祖传略》
载：普慈，俗姓钱，江苏常熟人。出家于常熟破山寺，世称海舟普慈。曾
前往邓尉参礼万峰时蔚，承嘱在洞庭山坞茅庵而居，长达二十九年。后经
一行脚僧激发，弃庵渡湖，前往安溪参礼虚白慧昺禅师。经慧昺点拨，普
慈奋志参究，寝食俱忘，终于得法。慧昺圆寂后，普慈欲归洞庭，为东明
寺四众所劝留，继承慧昺禅师的法席。住持东明寺后，普慈常以现身说法，
教诲众僧正确抉择，打通向上关捩。明景泰元年（1450年），普慈禅师
示寂说偈后投笔而逝。塔于东明寺之右侧。

偈

作者｜ 明 · 东明慧旵

扫一扫
聆听良渚的诗
朗读者：天明

一拳打破太虚空，百亿须弥不露踪。
借问个中谁是主，扶桑涌出一轮红。

选自《续灯正统》卷二七。

送无极道人之补陀山（二首）

作者｜ 明 · 东明慧旵

一

道人无事发狂心，涉水登山海外寻。
一拜起来还一拜，不知屋里有观音。

二

四十九年说不到，一千七百也徒然。
上人若具如斯眼，始信东明不狂言。

注：无极道人：生平不详。补陀山：舟山普陀山。

作者简介：

东明慧昙（1371—1441），俗姓王，字东明，号虚白，湖广人。东明禅寺开法祖师。其父曾为丹阳税课司副使。慧昙幼时颖悟，七岁即知诵佛陀名号，寝寐不息。十四岁，礼妙觉寺湛然祝发为僧。祝发之时，忽祥光四际，皆成五色。湛然惊喜说："此沙弥，他日定南针子也！"于是以慧昙名之。慧昙为人，奇伟方正，亲先敬后，然性格刚强，不解软语，众人称之为"楚直"，又称其为"昙铁脊"。嗣后抵姑苏邓尉圣恩寺，愤疑参堂，寝食俱废，至两夜便洞彻临济宗旨。稍后，受宝藏普持之嘱辞别邓尉。

明永乐六年（1408年），慧昙游钱塘，见安溪古道山（即东明山）峰峦秀拔，于是在东明一住三十载，影不出山。先时门庭衰落，烟火一空，慧昙禅师至。拓基营缮，终成精蓝，道风远播，宿衲争趋座下。正如清康熙《东明寺志》卷上《僧》："寺以僧传，僧以道显。东明寺之得以僧显，自昙祖昉也。"明正统六年（1441年）六月二十七日，慧昙无病示化，集众叙谢诀别，至二十九日跏趺而逝。塔于东明寺左，安溪白花坞东明塔院中。

偈

作者｜明·海舟永慈

扫一扫
聆听良渚的诗
朗读者：阿福

迷悟犹如空里云，碧天明净了无痕。
历然世界其中露，杀活拈来总现成。

选自《东明寺志》卷上。

作者简介：

海舟永慈（1393—1461），字海舟，四川成都余氏。东明慧旵法嗣。少时投彭县大随山照月薙染，住静八载，立志参方。历谒太初、无际，还金陵灵谷，依雪峰充首座。后至牛首众领三载。明正统住东山翼善寺。

偈（四首）

作者｜ 明·宝峰明瑄

扫一扫
聆听良渚的诗
朗读者：刘超

负薪和尚唤为棘，火焰烧眉面皮急。
祖师妙旨镜中明，一鉴令人玄要得。

棒头着处血痕斑，笑里藏刀仔细看。
若非英灵真汉子，死人吃棒舞喃喃。

因我得礼你，扶到又扶起。
要行即便行，要止即便止。

你既无心我也休，此心无喜亦无忧。
饥来吃饭困来眠，花落从教逐水流。

　　选自《东明寺志》卷上。

作者简介：

宝峰明瑄（？—1472），俗姓范，号宝峰，江苏吴江人，南岳下二十八世，东明海舟普慈之法嗣。未出家前为木匠，在为海舟禅师建造塔院时，出家为僧担当火头。某日苦思冥想，刻意参究，被灶火燎去眉毛，面如刀削，找来镜子一照，见如此面目，终于豁然大悟。后住南京高峰寺，明成化八年（1472 年）腊月九日示寂，塔全身于东明寺左。

丙戌夏参东明孤和尚并寿

作者｜ 明·忍之法铠

鬘持天乐向东明，奏出箜篌几种声。
但见一关花散满，不知千劫果修成。
芭蕉叶写层层寿，络纬声传字字庚。
愧我一诗三合掌，祖师门下当人情。

选自《东明寺志》卷下。丙戌：清顺治三年（1646 年）。

作者简介：

忍之法铠（1561—1621），字忍之，号澹居，俗姓赵，江苏江阴人。初习举子业，才名奕奕。年三十三为紫柏所雉度。入天目，结茅于分经台，久之掩关宣城，其道益进。后省紫柏于都门，蒙印可。南至舒州，中兴法远浮山道场。时径山刻《大藏经》事未竣，铠念乃师遗志，修化城寺为藏版处。寂后憨山为撰塔铭。见《梦游集》《新续高僧传四集》卷二十一。

海舟慈禅师

作者｜ 天隐圆修

扫一扫
聆听良渚的诗
朗读者：薛峰

渡生死流，全凭慈舟。
令人到岸，潇洒天游。

宝峰瑄禅师

作者｜ 天隐圆修

山藏奇玉，林峦秀蔚。
得者安闲，不向外逐。

选自《天隐禅师语录》卷一五。下同。

山茨际请

作者｜ 天隐圆修

拈龟毛拂，坐个蒲团。
别无长处，佛祖难瞒。
清风拂白月，此意有谁谙？
这里一分亲切处，只许阇黎只眼看。

作者简介：

天隐圆修（1575—1635），字天隐，俗姓闵，江苏荆溪人。明末临济宗著名禅师，嗣法于幻有正传，与密云圆悟同门。圆修幼丧父，日以卖菜为生，奉养老母，闲时恒持观音菩萨名号。在龙池幻有正传禅师座下出家，二十四岁得度。受戒后，圆修谨遵正传师之教导，精修参究"父母未生前本来面目"之话头，不久即有所悟。此后又多次蒙正传师开导，大有长进，亲炙正传十八载，尽得其旨。明万历三十六年（1608年）结茅于盘山。在其主持下，渐成大刹，门下人才之与圆悟禅师相等。法语有《天隐禅师语录》二十卷，法嗣有杭州理安寺箬庵通问、湖州报恩寺玉琳通琇、东明寺山茨通际等。圆修禅师风仪磊落，赋性恬退。力恢临济宗旨，大阐别传旨趣，痛呵穿凿，严辨正邪。以至四方向道之士，承风踵接，竞喧宇内。圆寂于明崇祯八年（1635年）。

发舟经安溪

作者 | 明·卓明卿

扫一扫
聆听良渚的诗
朗读者：刘超

行过千溪复万山，青苍宛入画图间。
沽来酒味泉能薄，赖有歌儿玉似颜。

选自《卓光禄集》卷二。

作者简介：

卓明卿（1538—1597），字澄甫，号月波，浙江塘栖人。少薄章句，学骑
射剑术。明万历中任光禄寺署正，是明代文坛"后七子"派重要成员。万
历十一年（1583年），与汪道昆、戚继光等成立西湖秋社，后为南屏社
主持人。著有《卓澄甫诗集》十卷、《卓澄甫诗续集》三卷、《卓氏藻林》
八卷。

苕溪别友

作者 | 清·中洲海岳

扫一扫
聆听良渚的诗
朗读者：张晓燕

江国春将半，离人复远行。
客亭云乍晓，别路雨初晴。
诗忆珠林雅，名留白社清。
苕溪烟水阔，何似故人情。

选自《绿萝庵诗卷》卷中。下同。

溪上晚眺

作者 | 清·中洲海岳

扫一扫
聆听良渚的诗
朗读者：吕帅

何处堪游眺，东西溪水头。
数群鸥浴日，一阵雁横秋。
野草牛羊路，斜阳芦荻洲。
长歌独归去，生事羡渔舟。

溪上春兴

作者｜清·中洲海岳

扫一扫
聆听良渚的诗
朗读者：张晓燕

杖策溪花溪草傍，行来是处足徜徉。
怜春几倚桥边树，得句频探袖底囊。
白鹭差池飞暮雪，碧桃轻薄落晴香。
江南风景知相似，一带兰舟泛锦塘。

选自《绿萝庵诗卷》卷下。

作者简介：

中洲海岳（1656—1736），字菌人，号中洲，江苏丹徒人，家居镇江。康熙癸未年（1703年）从黄山慈光寺受请往钱塘东明寺出任住持。与唐建中合撰《双髻堂唱和诗》。著有《绿萝庵诗卷》《万山拜下堂稿》等。

安溪田舍

作者 | 清·金世绶

农夫邀我醉，归棹溯溪湾。
野色延幽眺，风威敌酒颜。
鸟啼无静竹，云减有遥山。
那及群鸥乐，飘飘不能还。

选自《杭郡诗续辑》卷一五。

作者简介：

金世绶（生卒年月不详），字艺州，号岫云，浙江钱塘人。诸生。著有《蜃阁诗录》六卷。

苕溪

作者 | 宋·杜耒

扫一扫
聆听良渚的诗
朗读者：叶洁瑜

晚立苕溪溪上头，往来无数采菱舟。
采菱归去明朝卖，安识人闻乐与愁？

作者生平不详。

苕溪晚泊

作者 | 宋 · 程以南

一笑苕溪上，微茫驻日曛。
鹭沙行个字，鱼浪出圆纹。
晚色三家市，秋容几树云。
行藏知有分，莫诵北山文。

作者简介：

程以南（生卒年月不祥），字南仲，徽州休宁千秋南乡人。

安溪晚泊，因到无净院

作者 | 宋·张镃

扫一扫
聆听良渚的诗
朗读者：赵艳华

十丈亭桥稳踔溪，斜阳红滟入船低。
枯筇径过荒街北，静院深寻破庙西。
游伴苦无成独笑，物情谙遍任难齐。
归时早是星烦出，影漾波痕上下迷。

舟过良渚

作者 | 宋·张镃

扫一扫
聆听良渚的诗
朗读者：吕帅

船出修门未有诗，直须风口泛晴溪。
缘何触景方吟得，拙句频年不立题。

作者简介：

张镃（1153—1235），字功甫，号约斋。先世成纪（今甘肃天水）人，寓居临安（今浙江杭州），卜居南湖。著有《南湖集》十卷。

夜泛苕溪

作者丨宋·王淮

倚棹苕溪上，孤吟思不群。
抢珠龙卧月，失侣雁呼云。
楼影依桥见，箫声隔水闻。
诗成何处泊，凉露正纷纷。

作者简介：

王淮（1126—1189），字季海，金华城区人。南宋绍兴十五年（1145年）
进士，授临海尉。历任监察御史、右正言、秘书少监兼恭王府直讲、太常
少卿、中书舍人。

苕溪

作者 | 元·戴表元

六月苕溪路，人言似若邪。
渔罾挂棕树，酒舫出荷花。
碧水千塍共，青山一道斜。
人间无限事，不厌是桑麻。

作者简介：

戴表元（1244—1310），字帅初，一字曾伯，号剡源，庆元奉化剡源榆林（今属浙江绍兴市榆林村）人。宋末元初文学家，被称为"东南文章大家"。宋咸淳七年（1271年）进士。元大德年间，被荐为信州教授。著有《剡源集》。

宿安溪馆听泉

作者 | 明·魏耕

扫一扫
聆听良渚的诗
朗读者：黄琦

我爱安溪水，连宵忱上听。
远随林叶下，洒落梦魂清。
因忆天台瀑，如虹持赤城。
至今江海客，无限白云情。

选自《雪翁诗集》卷八。

作者简介：

魏耕（1614—1662），原名璧，字楚白，又别名苏，号雪窦。浙江慈溪人。明末清初浙东著名的抗清志士。

秋日苕溪道中

作者｜明·张羽

扫一扫
聆听良渚的诗
朗读者：阿通伯

深秋群物肃，灏气明朝阳。方舟荡清溪，良游阅景光。
疏林缀余绿，菰蒲摇晚芳。鸣鸿去杳杳，遥岭翳苍苍。
闲行无物役，洄沿自徜徉。寂寞欣有得，留连岂为荒。

选自《良渚镇志·历代诗文选》。

作者简介：

张羽（1333—1385），字来仪，后改字附凤，号静居，江西浔阳人。被誉
为"吴中四杰""北郭十才子"之一。著有《静居集》四卷，及《张来仪
先生文集》《静庵张先生诗集》等。

苕溪晓涨（二首）

作者｜ 明·夏止善

一

雨足清溪拂槛流，蒹葭历历散汀洲。
鱼冲雪浪翻银鬣，燕掠芹泥上玉楼。
震泽潮生春渺渺，黾山宅在晚悠悠。
行吟更起濠梁兴，万道飞泉一鉴浮。

二

杨柳飞花燕子来，河豚初上水如苔。
朱丝彩袖瑶台近，画舫青帘绮席开。
天目西来平望眼，海门东去放诗怀。
桑麻两岸三州接，财赋江南亦壮哉！

作者简介：

夏止善（生卒年月不详），明洪武年间进士。曾任礼部郎中，参与文渊阁
编礼制兼纂《永乐大典》。

尝茶

作者｜宋·沈括

扫一扫
聆听良渚的诗
朗读者：段铁

谁把嫩香名雀舌，定知北客未曾尝。
不知灵草天然异，一夜风吹一寸长。

作者简介：

沈括（1031—1095），字存中，北宋钱塘人。归葬境内安溪下溪村之太平山麓。中国历史上最杰出的科学家。著有《梦溪笔谈》《梦溪补笔谈》《梦溪续笔谈》等。

烘豆

作者丨 清·韩应潮

莫笑冬烘老圃俦，豆棚骚屑话深秋。
匀圆剥出纤纤手，新嫩淘来瑟瑟流。
活火焙干青玉脆，盈瓶赠到绿珠投。
堆盘正好消寒夜，细嚼诗情一种幽。

作者简介：

韩应潮（生卒年月不详），塘栖词人。清道光年间，建"蒹葭水榭"于八字桥塅，临溪构榭，为寝歌之所，自号"琴溪渔隐"。

登双髻峰

作者｜ 明·唵嚺大香

扫一扫
聆听良渚的诗
朗读者：王永川

细路盘云上，危峰带雨攀。
众香中有寺，一碧外皆山。
野鸟看投策，岩松待掩关。
佛灯前后照，消得夜闲闲。

选自《东明寺公案十二续——和尚要云游》。

作者简介：

唵嚺大香（1582—1636），俗姓吴，名鼎芳，字凝父，号唵嚺，江苏苏州
人。能博通文，素有才名。四十岁时因亡母而感梦。偶读《圆觉经》有悟，
遂弃家赴杭州云栖寺莲池大师像前剃度出家。行脚十年，孑然无侣。著有
《云外集》《经律集解》《沩山警众策注》。

登东明山

作者｜清·董朋来

扫一扫
聆听良渚的诗
朗读者：朱丹

芒鞋踏冻上山巅，满路梅花带雪妍。
昆祖塔前云影淡，建君殿上镜光圆。
千峰密护无尘地，万指重围说法筵。
到此豁开劳梦眼，竹阴深处且高眠。

选自《东明寺志》卷下。

作者简介：
董朋来（生卒年月不详），明末清初人。

过东明寺留题

作者 | 明·费隐通容

扫一扫
聆听良渚的诗
朗读者：汪宸豪

安溪五里入东明，石路烟花引客行。
远祖当年兴胜刹，近孙此日绍嘉名。
江山秀丽今犹古，帝德尊隆久益荣。
世代宗风原不散，人天共仰法王城。

选自《东明寺志》卷中。

作者简介：

费隐通容（1593—1661），号费隐，俗姓何，福建福州人。明熹宗天启二
年（1622 年）在绍兴吼山护生庵参谒密云圆悟，从受临济禅法。著述颇多，
有《五灯严统》《五灯严统解惑编》《祖庭钳锤录》《丛林两序须知》等。

大遮山望钱江怀古诗

作者 | 清·陈晋明

扫一扫
聆听良渚的诗
朗读者：宋蔡胤

海云半浸越王城，城上钲箭处处声。
为有楼船杨仆使，独标铜柱马援名。
殊方自合归常贡，汉将何须事远征。
武帝秦皇俱寂寞，更闻方士访蓬瀛。

选自《康熙钱塘县志》卷二，以及《乾隆杭州府志》卷一四"大遮山·东明山"条目。

作者生平不详。

花心动·偶居杭州七宝山国清寺冬夜作

作者｜ 宋·赵鼎

江月初升，听悲风，萧瑟满山零叶。夜久酒阑，火冷灯青，奈此愁怀千结。绿琴三叹朱弦绝，与谁唱阳春白雪？但遐想，穷年坐对，断编遗册。

西北欃枪未灭。千万乡关，梦遥吴越。慨念少年，横槊风流，醉胆海涵天阔。老来身世疏篷底，忍憔悴，看人颜色。更何似，归欤枕流漱石。

作者简介：

赵鼎（1085—1147），字元镇，自号得全居士，南宋解州闻喜（今属山西）人。政治家、词人。宋高宗时期宰相。

扫一扫
聆听良渚的诗
朗读者：曹燕

天目禅师归梁渚旧隐

作者｜ 宋·文珦

闻师归渚上，欲尽百年间。
独鹤知难侣，孤云不易攀。
龙盂经几缀，虎锡上重环。
禅子多求法，玄门为启关。

作者简介：

文珦（生卒年月不详），字叔向，自号潜山老叟，于潜（今浙江临安）人。早岁出家，遍游东南各地。诗集已佚，清四库馆臣据《永乐大典》辑为《潜山集》十二卷。

宿蜡烛庵俊上人房

作者｜ 明·刘基

扫一扫
聆听良渚的诗
朗读者：孙惠华

城外春江动客愁，江边细草绿悠悠。

还将短发临岐路，畏向东风忆旧游。

斜日远天归雁急，薄寒孤馆落花稠。

青灯不放还乡梦，一夜肠回一万周。

注：蜡烛庵在崇福村大雄寺南。选自《明成化杭州府志》。

作者简介：

刘基（1311—1375），字伯温，谥文成。汉族。青田县南田乡（今浙江文
成县）人。元末明初军事家、政治家及诗人，通经史，晓天文，精兵法。
他以辅佐朱元璋完成帝业、开创明朝并尽力保持国家的安定而驰名天下，
被后人比作诸葛武侯。在我国文学史上，刘基与宋濂、高启并称"明初诗
文三大家"。

过奉口战场

作者｜明·高启

路回荒山开，如出古塞门。
惊沙四边起，寒日惨欲昏。
上有饥鸢声，下有枯蓬根。
白骨横马前，贵贱宁复论。
不知将军谁，此地昔战奔。
我欲问路人，前行尽空村。
登高望废垒，鬼结愁云屯。
当时十万师，覆没能几存。
应有独老翁，来此哭子孙。
年来未休兵，强弱事并吞。
功名竟谁成，杀人遍乾坤。
愧无拯乱术，伫立空伤魂。

作者简介：

高启（1336—1374），字季迪，号槎轩，元末明初著名诗人，长洲县（今江苏苏州）人，与杨基、张羽、徐贲被誉为"吴中四杰"，洪武年初，以荐参修《元史》，授翰林院国史编修官，受命教授诸王。擢户部右侍郎。著有《高太史大全集》《高太史凫藻集》等。

游东莲宝林二别业登白鹤山见杜鹃花

作者｜ 明 · 田艺蘅

扫一扫
聆听良渚的诗
朗读者：段铁

九月空山里，余花发杜鹃。
绿尊秋雨暮，红树夕阳天。
寺接闻钟磬，僧贫乏酒钱。
偶逢征战息，白鹤共蹁跹。

　　选自《香宇续集》卷十二。

　　注：田艺蘅《游白鹤诸山记》："冬十月十有九日，与蒋子久撬扁舟，自北而西，过白塔漾，登白鹤山，余之宝林别业在焉。"宝林别业为今东莲村宝林寺旧址边。

苟山寺

作者｜ 明 · 田艺蘅

扫一扫
聆听良渚的诗
朗读者：段铁

溪路仅容舟，沿洄碧树稠。
苟山遗古塔，梁渚失平畴。
寺纪高人隐，僧迎漫客游。
斜阳重挂席，身世眇双鸥。

选自《香宇续集》卷二十七。

注：原注有"苟山寺在灵芝乡清息里，云是苟子读书处，今为上神，
曰苟侯"。

作者简介：

田艺蘅（生卒年月不详），字子艺，号香宇，明钱塘良渚（今良渚镇大陆
村）人，田汝成之子，名士。应天博学，善属文，世比之成都扬慎。著有
《田子艺集》《玉笑零拾》《大明同文集》《诗女史》等，今传世《香宇
集》三十四卷、《留青日札》三十九卷、《煮泉小品》一卷。《明史》中
田氏父子同列"文苑"。

渔家傲·九度岭关隘遥想

作者 | 宋佐民

剑戟森严呼正切，临安北塞烽烟烈。岳字旌旗关口熠。齐奋力，刀拼火殉殷殷血。

南隅偏安忧未灭，黄龙直捣何时捷？乱渡彤云寒气冽。佳音绝，钱塘空照凄凉月。

注：九度岭地处安溪之北，紧邻武康，属古代南北交通之要津。相传南宋时岳飞曾在此拒金鏖战九度，故称其为"九度岭"。

作者简介：

宋佐民，余杭人，浙江省诗词与楹联学会会员，余杭区诗词楹联协会副秘书长。

扫一扫
聆听良渚的诗
朗读者：祁京玲

怀东明旧隐

作者 | 清·孤云行鉴

万仞峰头别一天，喝风棒月已三年。
谁知曳杖离双髻，自笑翻身到玉泉。
竹径应遭狂鹿走，石床定被野猿眠。
独怜昙祖当年塔，东倒西歪尚不迁。

注：玉泉即江苏常州荆溪玉泉禅寺，孤云曾住持过。

建文君像

作者｜清·孤云行鉴

扫一扫
聆听良渚的诗
朗读者：祁京玲

不是人王是法王，方袍圆顶岂寻常。
巍巍端坐无尘殿，永镇东明古道场。

作者简介：

孤云行鉴（1593—1661），字孤云，俗姓宋，浙江嘉兴人。清崇祯十三年（1640年）庚辰春，杭州蔡子公居士等人请孤云禅师主持钱塘安溪东明寺。清顺治辛丑年（1661年）五月八日示寂。门人超卓等建塔于大遮山之东麓东明塔院内。康熙元年（1662年）张惟赤《孤云鉴禅师塔铭》称："所著有《全录》四卷、《诗偈》一卷、《东明志》三卷。"

拜建文皇帝像

作者 | 明·沈捷

扫一扫
聆听良渚的诗
朗读者：祁京玲

迁移神鼎已惊秋，莫怨当年雪满头。
物外尘埃清古殿，江边烽火照横流。
自教龙象成雄主，不遣须眉换细愁。
干截俘臣同息影，徘徊芳迹未能休。

　　选自《东明寺志》卷下。

作者简介：

沈捷（生卒年月不详），字子逊，号大匡，浙江仁和人。明崇祯二年（1629年）举于乡，次年成进士，任江苏武进知县。入清，任江西万安知县。晚年归隐于杭州瑞石山（今城隍山），号石门。

谒金龙四大王祠

作者 | 清·吴焯

千古灵胥气未销，青霓曳曳下云翘。
巫师但击灵鼍鼓，更有何人赋大招。

作者简介：

吴焯（1676—1733），字尺凫，号绣谷，浙江钱塘人。著有《径山游草》
《南宋杂事诗》《药园诗稿》《玲珑帘词》《渚陆鸿飞集》等。

百字令·谢公墓

作者 | 清·徐林鸿

安溪清浅，见龙起蛟飞，洪涛千顷。玉树多才兰畹盛，雅与淮泚争竞，宫漏南迁，鸾舆北去，鸿雁沙头冷。河山万里，立尽梧桐清影。

公是慷慨书生，横戈跃马，一战思平定。谶入庚申谁许尔，天已潜移神鼎。臣显书名，道清押字，不肯安时命。冯夷风雨，云旗猎猎辉映。

　　　　选自《金龙四大王祠墓录》卷二。

作者简介：

徐林鸿（生卒年月不详），字大文，一字宝名，浙江海宁人。诸生。与吴农祥、王嗣槐、吴任臣、毛奇龄、陈维崧同客于大学士冯溥家，称为"佳山堂六子"。著有《两闲草堂诗文集》四十卷。

扫一扫
聆听良渚的诗
朗读者：陈智博

苕溪大桥晚望

作者 | 清·朱樟

对岸忽佳霁，余杭无数山。
照人溪不浅，唤雨鸟初还。
梦老青芜国，花深菉豆湾。
凭虚一怅望，消得此春闲。

注：大桥即安溪广济五孔大石桥。

扫一扫
聆听良渚的诗
朗读者：赵艳华

古牡丹（二首）

作者 | 清·朱樟

引曰：殿前牡丹一本，相传明建文帝手植，高二丈许，怒芽丛生，花状千计，为兹山胜迹。丽雅上人索诗，因题长句。

满幕尖风绣作堆，托根传自让王栽。
六时直得千回看，四照都如一面开。
瑶朵欲扶春雨重，叠波微换浅霞催。
参差只似帘垂地，劝酒真须画里来。

艳多烟重总夭妍，初见红楼散锦筵。
下殿僧来同避世，举头花笑梦谈禅。
欲询往事多无赖，待饯残春又一年。
不与芳菲潜结伴，宫中老佛有谁怜。

扫一扫
聆听良渚的诗
朗读者：陈宏满

作者简介：

朱樟（生卒年月不详），字鹿田，号慕巢，钱塘人。康熙三十八年（1699年）举人，曾任泽州知府等职，卒年八十一岁。该诗选自朱樟于1725年去东明山看望东明寺住持丽雅上人，从杭州松木场坐船，经武林，一路至安溪，沿途写下的十三篇诗，这十三篇诗均收于《一半勾留集》中。朱樟在东明山期间，还下山去游览了附近的大金龙庙、陈眉公圣迹等地。

绝笔

作者 | 宋 · 谢绪

扫一扫
聆听良渚的诗
朗读者：马艳敏

立志平夷尚未酬，莫言心事赴东流。

沦胥天下谁能救，一死千年恨未休。

湘水不沉忠义气，淮淝自愧破秦谋。

苕溪北去通胡塞，留此丹心灭虏酋。

　　选自《全宋诗》。

作者简介：

谢绪（？—1267），南宋钱塘（今浙江杭州）人，家住孝女北乡下墟里（今安溪村下溪湾）。理宗谢后之族，堂姑母是谢太皇太后，著名诗人谢翱是其堂兄。宋末，隐居不仕。恭帝德佑二年（1276年）谢太皇太后等被胁北行，绪赴水死。《东山志》卷七有传。

金龙四大王庙迎送神辞

作者｜ 明·徐胤翘

古者安灵侑尸，率有迎送神辞，王之庙碑碣巍峨，

辞实有阙焉。爰作三章，俾协诸管弦，聊附河巫之未云尔。

辞曰：

天门兮显辟，云吐兮艳赫。

纷雷车兮电旗，冯夷舞兮阳侯。

驰灵褆褆兮上下，羌若来兮倏而往。

倏往兮奈何，骇繁楫兮弥河。

返故墟兮旋望，瞰惊飙兮怒波。（迎神）

巍颡兮广目，颧頳兮眉蠱蠱。

晃金甲兮龙为马，风飒飒兮来下，缨铃响兮震屋瓦。

前有神兮祢祖，列一堂兮瑶几。

兰肴兮椒醑，缅弦兮会舞。

巫纷若兮申辞曰：

赐安流兮翊皇都，仰襃秩兮崇碑，俾子孙娱乐兮万福来。（降神）

睇霭兮烟渚，吹参差兮愁予。

骖冉冉兮玄螭，云噎噎兮暮雨。

怅佳期兮不我留，不我留兮山之幽。

陡堂址兮临修，路飘蕙带兮飔飏，愿夕宴兮来游。

（送神）

　　选自《金龙四大王祠墓录》卷四。

作者简介：

徐胤翘，字幼凌，万历年间钱塘人。著有《径山游草》一卷、《洞宵游草》一卷、《龙门游草》一卷。

扫一扫
聆听良渚的诗
朗读者：包胡凌泰

安溪吊谢绪

作者 | 清·陈文述

扫一扫
聆听良渚的诗
朗读者：成语

竟以安溪作汨罗，三宫行矣事如何。
陆张有志终沈海，韩岳无人孰渡河。
终古金龙垂祀典，也同白马溯江波。
孤山正节还祠庙，从古书生报国多。

选自《金龙四大王祠墓录》卷二。

作者简介：

陈文述（1771—1843），初名文杰，字隽甫，号云伯，又号碧城外史、颐道居士、莲可居士等，钱塘人。著有《碧城仙馆诗钞》《颐道堂集》等。

古城遗址公园

沈括墓

苕溪

古城遺址公园

编后记

良渚的诗：诗人们用语言构筑的通天塔

陈智博

　　脱离了人文的风景，只是一片单纯的风景；而脱离了风景的人文，则是干枯的内心。《良渚的诗》诞生在风景、人文交相辉映的五千年中华文明圣地，可以说是天生的幸运。

　　生活在良渚将近四年，很荣幸能参与《良渚的诗》的编撰工作。这本诗集的诞生，可回溯到2018年6月的那个夏日。当时"我们读诗"受良渚街道办事处委托，组织策划了一次"良渚之光——诗人来到美丽洲"的良渚采风活动，特别邀请第五届鲁迅文学奖获得者刘立云，还有王自亮、海岸、卢文丽、颜峻、韩松落、泉子、任轩、冯国伟、萧耳、彭涛、卢山、娥娥李等15位诗人及作家参与，回首往昔良渚的荣光，畅聊今日良渚的诗意。活动结束后，"我们读诗"将诗人们的采风作品集结，于新媒体上隆重推出，得到了大众的广泛好评。彼时，遂有了编撰一本专门书写良渚诗集之初心。而我们将这个想法和良渚街道办事处沟通后，也很快得到了肯定与支持。于是，我们通过互联网发布了征稿启事，向全球诗人敞开怀抱，邀请大家用文字描摹美丽洲，为五千年中华文明圣地写一首诗。

　　消息一经发出，稿件纷至沓来，众人反响热烈。本着"古今中外，无所不包"的编撰策略，最终我们精选了100首诗收录在书里，其中有现代诗 53 首、古体诗 47 首。文明如同不灭火种，火光指引我们前行，所以诗集分为"良渚之光""灵魂之光""稻禾之光"和"圣地之光"四个篇章。

第一章主要为"良渚之光——诗人来到美丽洲"的采风作品以及诗人杨炼等诗坛名家之作。为了方便国际传播，我们还专门邀请了旅居澳洲的诗歌翻译家欧阳昱先生将此章翻译成英文，同时由曾效力于企鹅图书的英文编辑 Bruce Sims 负责编审英文翻译。第二章中重点收录了"为五千年中华文明曙光地写一首诗"征稿活动中的获奖诗作，形成了全世界书写良渚的文字矩阵。第三章则遴选了良渚本土作品，拓宽写作视角，体察故土情怀，集中体现出良渚人的自我观察与情感表达。最后一章则是从各类资料中搜集到的与良渚有关的古诗词，这些诗词的内容或写作地点，我们至今仍能在良渚找到对应，可以说，良渚就是汉语使用者共有的乡愁。

为了让读者有更多入口进入良渚的诗意世界，本书中所有的诗歌文本都由"我们读诗"长期合作的朗读者用好声音重新阐释，其中不乏黄琦、张晓燕、朱丹、周一红、赵艳华、雷鸣、天明、阿通伯、碧涛等杭城好声音。除此之外，杭州市朗诵协会、浙江传媒学院朗诵艺术团、浙江图书馆文澜朗诵团、杭州图书馆朗诵团、富阳知联朗诵团、余杭悦读会等诸多团队也都倾情支持。同时，我们还在网易云音乐专门开辟了"《良渚的诗》配乐"歌单，方便听友自己朗读时遴选音乐。

诗在今日是稀缺品，在从前则是通灵者的语言。在编撰这本诗集的时候，我经常会想"良渚的诗"到底意味着什么？一方面，它是我们数千年来追索的经典表达，风景须得抒情，人文须得思辨。良渚的诗，就是诗人们用语言构筑的通天塔，也是上下五千年汇集而成的人类思想盛宴。另一方面，良渚的诗也许是对抗时间的最佳方式。由于江南潮湿多雨的气候，诸多历史细节都已湮没在氤氲的水汽当中，我们很难以具体的、形象的方式看到古人生活的原貌。所以，在流逝的时光中，良渚以及其诗篇都被埋没、被遗忘了。如今，人类正经历着前所未有的危机，疫情蔓延、种族冲突、科技漩涡等后现代困境比比皆是。在这样的大语境之下，我们再回看良渚，翻阅良渚的诗，则会有一种神奇的时空交错之感，亦可予以"前浪"与"后浪"更大的启发。回到最初，感受未来。这是我们曾经共有的文明记忆，也是我们无法断绝的文化基因与身份认同。用诗的语言来书写亦真亦幻的时空记忆，真是最好不过的一件事了。

缘于此，《良渚的诗》也是一本多媒体、多入口的"云诗集"，这本花了我们不少工夫的书有以下几个特点——

1. 这是一本包罗古今的诗集：作品的时间跨度从千年以前一直到今天。作者既有古代的诗人、僧侣，也有当代的大家和乡民，更有游历海外多年的漂泊者。良渚就是汉语使用者共有的乡愁。

2. 这是一本面向中外的诗集：我们精选了一组优秀作品翻译成英文，将良渚的经典诗篇以中英双语的方式向世界打开。良渚是中华五千年文明圣地，现在，它又多了诗歌这张精炼的名片。

3. 这是一本有声伴读的诗集：所有的诗歌文本都用好声音重新呈现，你可以通过二维码走进良渚的诗意世界，那是另外一个奇幻空间的入口，一切都会有所不同。

4. 这是一本图文并茂的诗集：除了文字和声音之外，本诗集还收录部分精美影像，以视觉方式解读良渚之美，以此增强阅读者的现场感与在地感，打破大多数诗集单一的文字阅读模式。

5. 这是一本多维互动的诗集：与普通的纸本书籍不同，本诗集还将开通互联网在线阅读模式，通过"我们读诗"微信公众号、喜马拉雅有声电台等在线方式实现融媒体传播。

最后，要感谢杭州市余杭区良渚街道办事处对"我们读诗"团队的信任，感谢杭州良渚遗址管理区管理委员会、良渚博物院、良渚古城遗址公园等单位提供的支持，感谢本书编辑委员会的各位师友，也感谢浙江大学出版社的倾情相助。所有为这本诗集诞生付出过努力的朋友们，让我们一起书写良渚之诗，传播良渚之声。请相信，吟诵诗歌不会让我们劳而无功。

2020 年 6 月 29 日
于良渚诗外空间

本书图片来源如下，特此郑重鸣谢：

杭州良渚遗址管理区管理委员会、杭州市余杭区良渚街道办事处、浙江省文物考古研究所、良渚博物院、良渚古城遗址公园

图书在版编目（CIP）数据

良渚的诗 / 张海龙主编；我们读诗编 . — 杭州：
浙江大学出版社 , 2020.7
ISBN 978-7-308-20321-0

Ⅰ . ①良… Ⅱ . ①张… ②我… Ⅲ . ①诗集—中国
Ⅳ . ① I22

中国版本图书馆 CIP 数据核字 (2020) 第 107689 号

良渚的诗

张海龙　主编　　我们读诗　编

责任编辑　陈丽霞
文字编辑　丁佳雯
责任校对　虞雪芬
装帧设计　王俊贤
出版发行　浙江大学出版社
　　　　　（杭州市天目山路 148 号　邮政编码 310007）
　　　　　（网址：http://www.zjupress.com）
排　　版　杭州麦山形象策划有限公司
印　　刷　浙江海虹彩色印务有限公司
开　　本　880mm×1230mm　1/32
印　　张　10
字　　数　240 千
版 印 次　2020 年 7 月第 1 版　2020 年 7 月第 1 次印刷
书　　号　ISBN 978-7-308-20321-0
定　　价　58.00 元